鬼手顧問 參

蚩尤齒

林佩 著
ANTENNA
牛魚 繪

【人物簡介】鍾流水。

喜好的食物類型匪夷所思，基本上是傲嬌修仙者一枚。若是問他名字的由來，他會說：桃花流水鱖魚肥。

【人物簡介】白霆雷。

熱血熱情的菜鳥刑警，自從遇上鍾流水這位剋星之後，刑警也只好乖乖變警犬，苦逼人生如此蛋疼啊有木有。

【人物簡介】姜姜。
鍾流水的天兵外甥，爲人善良可愛又純（蠢）真，最愛睜著濕漉漉的大眼睛，對小公雞說：快生顆雞蛋給我吃。

【人物簡介】張聿修。
他是新一代年輕才俊小法師，以衛道除魔爲己任，千算萬算沒算到，認識姜姜就是他悲慘人生的開始。

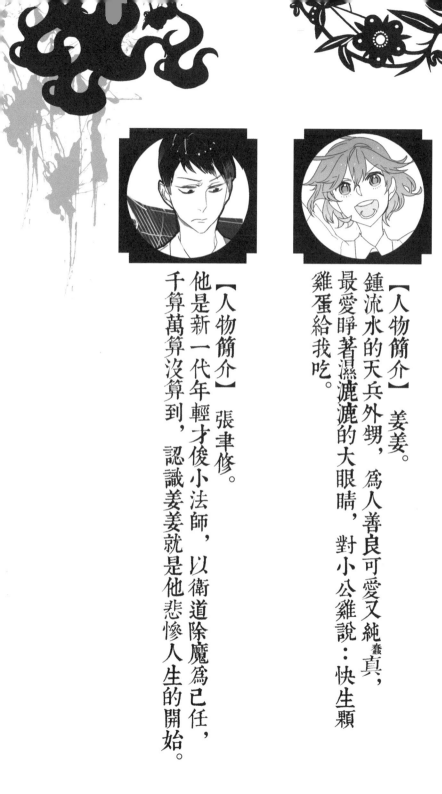

【索引】鬼事顧問、零參。蚩尤齒。

鬼事顧問、零參。蚩尤齒。

【第壹章】風高夜鬼如影，天涯骴傀隨形。

夜半的田淵市原本該是一片沉寂，但是當商店街上一間名為悅古怡今軒的骨董店發生了強行入侵事件後，防盜器撕裂夜空，警車鳴笛奔來，附近住民也陸陸續續被吵醒，有些人穿著睡衣跑過來看熱鬧，這夜就不寧靜了。

等警方趕到時，骨董店的鐵門早被撞開了，歹徒們卻已不見蹤影。

最近同樣的事情一再發生，苦主全都是骨董店、或專門經營玉石買賣的商家，據推測歹徒有十幾個，力大無窮，防盜門跟強化玻璃都禁不起他們的幾下撞擊，訓練有素的他們總在短短幾秒內侵入，將店內破壞一陣後，又於短短的幾秒內退走，難以追蹤去向。

警察們替這群歹徒取了代號，叫做夜鬼。

因為夜鬼，警方加強了晚上的巡邏工作，一有風吹草動就前往查看，整個警局陷入人手不足的狀態，就連隸屬於特殊事件調查組的警員白霆雷都被派去支援，此刻就在悅古怡今軒外。

「悅古怡今軒裡沒任何財物被取走，夜鬼這次依然做白工。」有警察過來對指揮行動的長官報告。

沒錯，騷擾骨董店跟玉器商家的強盜集團非常怪異，目前為止他們只是侵入，在店裡翻找了一陣就離開，看起來就像尋找著某樣東西。

壹・風高夜鬼如影，天涯魑傀隨形

「夜鬼到底想要什麼？」長官恨恨地問。

白霆雷也納悶，明明加強了防範與巡邏，但道高一尺、魔高一丈，夜鬼總能抓住警察人手產生空缺的時刻闖入店裡，更奇怪的是，無論店家使用的監視器多新穎，卻總在夜鬼侵入的時候遭到干擾，導致畫面模糊，無法清楚辨識歹徒樣貌，只覺得他們的動作像是狗、很大的狗。

但、大狗不可能有能耐侵入人類的堡壘，更不可能來去無蹤。

「有目擊者嗎？」長官又問。

「沒有，店主一家人都在樓上睡覺，不過店主說警鈴響起前，聽到馬蹄聲、還有搖鈴聲，就像道士作法時搖的那種銅鈴。」警察答。

這也是夜鬼集團的特徵之一，出現時總會伴隨著兩種特定的聲音。

警方在悅古怡今軒的鑑識工作完成後，也差不多凌晨三、四點了，白霆雷騎著他的摩托車繼續去巡邏。最近他真是累壞了，陡然間懷念起他的特殊事件調查組。

所謂的「特殊事件調查組」，又叫「鬼事調查組」，直屬警政署特殊事件科管轄，專門處理警方各類蒐證調查都解不開的謎團，組裡配置人員除了剛剛提到的白霆雷，還有一位女警譚綺綠，以及隊長孫召堂，另外聘雇顧問鍾流水，而這位顧問就住在市區北部群青巷內的桃花院落裡。

既然叫做「鬼事調查組」，處理的業務也都跟怪力亂神有關。

比如說某日天空飄來一大堆冥紙，造成民眾恐慌，以為該區受到詛咒，白霆雷出馬調查後發現，原來有人於高樓頂端私設神壇，金紙沒燒乾淨就被風給吹走，最後該神壇收到環保局開來的罰單。

也有人打電話給消防局，說河裡出現妖獸，消防局立刻聯絡鬼事組，河面搜索幾小時後，終於看見了水下怪影，卻是一條大鱷魚！經過調查，卻是不肖民眾偷養鱷魚當寵物，鱷魚長大後跑運河裡去了，那位民眾因為遺棄寵物，被罰了幾萬元。

後來鱷魚送到動物園去了，國泰民安一片祥和，好啊。

由此可見，真正的鬼事並不多，鬼事調查組在某方面說來，是個輕鬆的單位。

白霆雷這時剛繞過高架快速道路，幾十公尺外傳來徹響天空的緊急剎車聲，伴雜著淒厲刺耳的嚎叫，同時間有大群野狗乾嚎，恐怖的讓人頭皮緊繃，他緊張的注意四周，好多紅點於路邊閃爍。

是野狗在窺伺他嗎？

壹．風高夜鬼如影，天涯骴傀隨形

白霆雷小心觀察了一會，確認野狗並沒有攻擊他的打算，這才專心於剛才的緊急剎車聲上，他第一個反應認為是發生車禍了，立刻朝聲音來源去，沒多久在交流道旁看見有輛貨車停在路邊，路上卻沒發現任何屍體。

貨車門是開著的，白霆雷發現司機老兄正軟倒在車旁，臉白如紙，手裡抓著佛珠猛唸阿彌陀佛，顯然被嚇到了。

「我是警察。」

亮出證件後，白霆雷繞到貨車前頭去，右車燈碎了，上頭沾著綠色的汁液，初一眼他還以為司機撞上了樹，用手電筒一照，卻發現那黏稠度直逼生物的血液，並非樹汁。

他想起大多數脊椎動物的膽汁都是黃綠色的，或許是貨車的衝力太強，讓被撞動物的膽囊當場破裂，因而噴上了貨車？

「到底撞上了什麼？」他疑惑地問。

「怪、怪物啊警察先生……」司機大哥都要哭了。

「野狗吧？」

「不知道……它飛過來……來不及躲……」

「如果你覺得愧疚，就把撞死的野狗好好安葬，幹嘛嚇成這個樣子？」總而言之白霆雷就認為那位輪下枉死鬼是野狗，安慰起司機來了。

「不是……警、警察先生……鬼……」

「沒錯，我是鬼事組的人。」白霆雷說。

司機先生雙手合十又唸了好幾遍大慈大悲救苦救難觀世音菩薩，才又抖抖抖地說：「別嚇我啊……警察先生……你不像鬼……那個……剛剛有鬼飄過去……」

聽他這樣纏夾，白霆雷都沒耐性了，忍不住吼：「狗怎麼變成了鬼？做個酒測先！」

他手邊沒有酒測檢驗工具，撥電話喊警局值班的小張來，司機忙大叫著阻止他。

「沒喝酒沒喝酒，怪物……」司機指著前頭一個草叢，白著臉說：「撞飛到那裡去……然後鬼飄過去……吃……」

吃怪物？搞不好是野狗聞到了死狗的血味跑來啃食，卻被心驚膽顫的司機先生誤認成為了鬼。

「你等在這裡別走，我去看看。」

扭開手電筒朝司機指著的大草叢去，自認從沒見過鬼的白霆雷提防的只是大型肉食動物，不

壹·
風高夜鬼如影，天涯魈傀隨形

過，如果野狗數量多，他隨時做好請求支援的準備。

草叢裡有飄忽的藍影子，影子上頭半公尺處還有隻鳥飛來飛去，夜風裡傳來嬌媚的女聲。

「……沒錯吧主人……奴家聞到了鬼氣……好濃好濃的鬼氣……主人喜歡嗎？」

這女音婉轉嬌媚酥麻人心，拿來經營色情電話肯定塞爆線路，白霆雷確定自己聽過這聲音，卻一時半會兒想不起是誰。

「見諸魅辦得好……田淵市裡很久都沒出現像樣的鬼物了。」

「唉唷主人喜歡，見諸魅也高興……主人主人，記得賞給見諸魅一點兒肉末渣喔～～」

「怎麼可能只給妳肉渣？內臟都給妳了，我只要眼珠子。」

女聲吃吃媚笑：「主人對奴家最好了～～」

白霆雷一聽男聲，立刻氣不打從一處來，哼、司機大哥沒說錯，前頭藍衣人的確是個鬼，還是個討厭鬼、腹黑鬼、愛記仇鬼、小心眼鬼、集天下鬼之大成的鬼。

鬼事組顧問鍾流水！

白霆雷第一反應就是要衝過去大叫，想想也不對，自己該維持警務人員的冷靜風範，不跟神棍一般計較，所以他輕咳一聲，發問。

「神棍你半夜不睡跑來這邊幹什麼？」

蹲在地下的藍衣人一怔，頭上小鳥也咻地往下隱沒，藍衣人緩緩站起來回頭，手電筒光將他的容貌照得一清二楚。

粉雕玉琢的秀氣臉龐上是一雙招牌桃花眼，蝙蝠形狀的淡色陰影攀爬於右邊眼角上，腰間別上了個小酒葫蘆，這人不是鍾流水，又會是誰？

但是，這樣一個翩然俊雅的人，手上卻握滿濕軟之物，手指間還不斷滴落黏稠的液體，跟大貨車前頭沾附的一樣，大量的腥臭氣味撲鼻而來。

白霆雷掏出手帕遮口鼻，腦中跑過疑問，這味道跟腐屍味差不多，也就是死亡多日的動物屍體被細菌分解後產生的屍臭味，奇怪了，野狗不是才被撞死嗎？這味道怎麼來的？

「小霆霆你又跟蹤我。」鍾流水說。

「鬼他喵才跟蹤你！」

「記不記得幾個月前抓嬰元屍鬼那一次，你不但跟蹤我，還把我關到警察局裡，害我差點兒被張逡害死。」

這人果然愛記仇，白霆雷早就知道了。

「有車撞了隻野狗……」他懷疑地看著鍾流水腳下一坨奇怪的東西問：「你來幹嘛？剛剛你又跟誰在說話？」

鍾流水嘴角勾的詭異，「你真認為這是隻野狗？」

不知為何，白霆雷每次看到鍾流水這樣笑就腦痛，不過他可不想在氣勢上輸給這位愛裝神弄鬼的神棍，立刻上前鑑識可憐被撞飛的野狗。

地下這隻的確不是野狗。

——姑且稱之為不明生物好了，體形一公尺長，上下肢健壯，看來像是手腳並用行進的物種，全身漆黑無毛，類似萎縮的人體，幾道血紅條紋分布身上，因為受到劇烈撞擊的緣故，此生物的骨架呈不自然的扭曲，胸腹處被撕扯出一條大傷口，裡頭內臟嘩啦啦流出，綠色的體液跟鍾流水手上沾染到的一模一樣，腐臭味道的來源想必也就來自這些怪異破碎的內臟。

他也跟司機大哥一樣嚇壞了，這、這、這……

「外星人！」

是的，傳說中的外星人。

關於外星人的傳聞，最有名的當是美國羅斯威爾飛碟墜毀事件裡的外星人屍體，那些屍體無毛髮，大頭大眼小嘴巴，身長也大約一公尺出頭，跟眼前這怪物差相彷彿。

轉頭就要找墜毀的飛碟，突然間咚一聲，某物品於黑夜之中無聲無息擲來，勢頭之準媲美小李他X的飛刀，而他發現外星人美夢也同時被這暗器給砸醒。

撿起暗器，欸、好面熟，相逢不只一、兩次了……

「靠神棍你又拿拖鞋扔我！告你襲警！」

沒錯，神棍腳下的招牌藍白人字拖只剩一隻，另一隻在白霆雷手裡。

「你寧願相信有外星人，也不肯正視這是鬼物的事實？你的觀察力是不是還留在娘胎裡沒跟著一起生出來？打你是幫助你茅塞頓開，不用謝我了。」

「誰謝啦，你——」

「對、拖鞋拿過來，我不想髒了腳底板……不拿過來？那麼我……」

手中的詭異肉團作勢要丟出來。

天啊，白霆雷情願被一百隻拖鞋砸，也不想沾上那血腥黏糊的肉塊，立刻把拖鞋給丟回去，他認輸了行不行。

「這妖物有點兒眼熟耶，一時卻想不起來……像山林裡的魈鬼，卻有濃濃的屍氣……」鍾流水嚐了嚐手指上的綠色體液，咂咂舌頭後，說：「若以滋味品相而言，我封之為下品。」

誰問這鬼的滋味啦？不過嘛，既然自家顧問都確認這是妖物了，他也就平心靜氣接受事實，立刻打電話回警局匯報，讓人來處理屍體。

電話講完後看到鍾流水動作有異，驚恐地問：「你在幹什麼？」

鍾流水動作輕柔，聽到詢問後隨口回答：「挖眼珠子。」

「我知道你在挖眼珠子，但你挖眼珠子幹嘛？」

鍾流水頓了一頓，「記得跟你說過，我最愛吃鬼眼珠子。」

說這話說得理所當然、就好像他不過是在說「啊啊天氣真好我好愛吃橘子跟蘋果唷」如此平淡無奇的話。

他說的平淡無奇，聽的人卻不會平淡無奇，哪個正常人會把吃鬼怪眼珠子當成愛好？這種事只有變態殺人魔才幹的出來吧？媽媽這世界真的很可怕，白霆雷現在不想當警察了，比較想變成外星人移民到火星去。

怪物只有兩隻眼珠子，所以鍾流水很快完成了挖取的動作。

白霆雷噁心歸噁心，卻還是提醒。

「喂喂神棍，屍體目前屬於鬼事組管轄，你不可以破壞。」

鍾流水面有疑難，「你也想吃眼珠子？看在你前生是我的……分你一顆好了。」是的是的我很大方你就快點兒跪下來表示感激涕零順便對我說些壽與天齊永享仙福之類的款語賀詞吧。

弄得白霆雷立刻火大從火星飛回來。

「你哪隻耳朵聽到我說要吃眼珠子了？我不吃眼珠子、左眼也不吃，右眼也不吃！」

鍾流水於是放心把鬼物的眼珠子丟到嘴裡喀吱喀吱嚼，順帶解下腰間葫蘆，喝上那麼一小口兒酒，邊享用還邊批評著呢。

「……這眼珠子乾乾巴巴，吃起來不夠味兒，當當下酒物勉強及格……下次拿來作成鬼目粽，我記得土伯忒愛吃那玩意兒……」

「你真吃了？你真吃了！」白霆雷炸毛了，大叫大嚷：「這鬼物必須按照正常程序遞送到警政署特殊事件調查科的妖獸鑑識中心去，由他們處理後續！你居然破壞屍體？！靠咩我要怎麼跟長官交代？你你你給我吐出來放回去！」

「來不及了……嗯嗯、這咬感這嚼勁……」鍾流水想到了什麼，「我吃過……對了，骴傀……」

「骴傀」兩字一出，四周倏然亮起十幾對紅點，那些窺視的野獸因為真名被窺破，嘰嘰啾啾發出鬼聲。

白霆雷舉到一半的拳頭被那些鬼叫聲頓住，吞了吞口水後問：「骴傀？什麼鬼玩意兒？」

鍾流水又環顧四周暗處，那眼神已然洞燭一切。

「肉還沒爛盡的鳥獸骸骨就是骴，傀指的傀儡，終身守著某個特定物品，該物若是被奪，會天涯海角追來，至死方休。我知道古代煉丹師最喜歡豢養骴傀了，有它們守著丹爐，歪心者想盜丹藥也難。」

白霆雷隨手撿了根木枝，懷疑地撥動骴傀的肉體：「你說是傀儡，我怎麼看著像野獸呢？」

鍾流水冷笑。

「骴傀的前身是山中煞狼，術師捉取後丟入煉釜，以大寒藥水浸泡七七四十九天，讓它們於極度的痛苦中脫去毛髮後死亡。因為死亡過程緩慢，魂魄往往不知道自身已死，所以沒離開肉體……」

白霆雷聽得毛骨悚然，這要放在現代，那些術士都得安上個虐待動物的罪名。

鍾流水發現警察全身的雞皮疙瘩都冒起來了，心底更是快樂，便故意用一種陰森森的語調說：「……煞狼死得愈痛苦，煞氣愈強，成為骷傀後也就更加難纏；術師再用符咒逼著骷傀守護丹爐，殺了所有意圖奪丹的人。」

話剛說完，不遠處又傳來幾聲狗叫，白霆雷竟一下子抓不住手中的木枝，不不不、他絕不承認是被神棍給嚇的，一時手滑了而已。

成功嚇住警察，鍾流水更高興了，繼續說：「術師選擇煞狼來煉製成骷傀，就因為煞狼地域性強、群居性高，成為骷傀後，它們的活動範圍就能始終維持在墓區……所以很奇怪……」

「奇、奇怪什麼？」

「聽我講了骷傀的一堆特性，就沒聯想起什麼嗎？這下我可確認，留在你娘胎裡的不只是觀察力，還包括智力。」

「神棍你別狗眼看人低！」

「我是人眼看狗低。」

誰也無法阻止白霆雷殺人了——

狼嗥再響，短鳴來自四面八方，遠處一對一對的紅色小點熚熚亮亮，高度離地多約一公尺，倒是很符合狼獸的身高。

「好好一個田淵市，哪兒來那麼多骴傀？」鍾流水又問。

白霆雷剛被人取笑說自己沒觀察力沒智力，弄得他趕緊絞盡腦汁，想替這一切找個合理答案。

「來自乾元山吧？這山亂七八糟，還養出條千年蛇妖，出現骴傀也不奇怪。」

他口中說的乾元山就位在田淵市南方，山勢低矮，深處還曾經是古戰場，無數戰骨就地掩埋，每到夜晚墳塚地就鬼聲啾啾陰風厲冽。

咚，頭被敲了。

「笨，乾元山屍氣太重，正常的煉丹師不會選擇乾元山來煉丹，除非煉奇丹，比如說，太陽復紫丹……」

「照你這麼說，骴傀是外地來的囉？」白霆雷揉揉被敲痛的額頭，問。

「骴傀肯定是追著某個丹爐或者寶器而來，可惜的是，它們再怎麼厲害，也不敢被高速行進的貨車一撞。」

「對喔！」白霆雷這下真的醍醐灌頂了，「神棍你快去把丹爐給找出來，讓那些骴啊傀的帶回家去，田淵市的交通危險啊，瞧、沒事就被撞死了。」

鍾流水站起身來，白他一眼，「誰知道是不是丹爐?也可能是某種明器，你能翻遍全市找出來？」

白霆雷好歹也在鬼事組待一段時間了，知道「明器」指的是古代人們下葬時帶入地下的隨葬器物，又稱為冥器、鬼器。一般由考古隊伍開挖出來的陪葬器物都屬於國家財產，但更多的墓葬文物其實都被不肖的盜墓業者開挖走了，而來源不明的骨董，試問誰會隨隨便便拿出來?

兩人講著講著，支援的員警來了，按照正常程序拍照記錄後，才將骴傀的屍體放入屍袋裡，遠處卻突然響起銅鈴聲，幽幽怨怨。

「誰搖鈴？」白霆雷忍不住放眼尋找，但黑夜混沌，連個影子都看不到。

「操縱的煉丹術師就在附近。」鍾流水卻是一笑，「追回被偷走的器物比找貨車司機算帳來得重要。術師搖起催傀鈴，不過是要召回骴傀，不至於找司機來報仇。」

白霆雷這才放下心的處理後續：除了打電話吵醒睡夢正酣的長官孫召堂，報告這起事件外，又安撫驚魂未定的司機，說他撞上的是野狗，至於剛才那個鬼，喔、那只是個處理動物屍體的志工，不、他不是吃屍體，是替可憐慘死的野狗唸唸大悲咒、往生咒，司機大哥你安心回去吧，冤魂不會找上你，它已經往生西方極樂世界了……

「警察先生你們是好人。」

司機大哥都要哭了，還跑去握著剛剛被他誤認為鬼的鍾流水，千謝萬謝，說回去後一定會捐錢給善心的慈善功德會。

貨車走了後，白霆雷要跟著回到警局去處理這東西，剛發動油門，機車後座沉了一沉。

他不悅了，「神棍你幹嘛？」

「載我一程。」

「你怎麼來的怎麼回去。」

「腳痠，再說治安不好，我怕被壞人搶。」鍾流水笑吟吟。

拜託誰敢搶你這種會吃妖怪眼珠子的資深妖孽？你不吃人人就要萬幸了，老天無法明察秋毫了嗎？國之將亡必有妖孽嗎？

「你碎碎唸什麼？」鍾流水湊頭前問。

「沒有。我得先回警局處理這事，你若真要搭便車，就先跟我回警局，等我弄完遞送程序，再送你回桃花院落。」

「這個、我被關過，心裡還對警局有陰影呢。」

他喵的我才有心理陰影呢，不過拘留你這個變態一天，把個正氣凜然的警局都弄成了鬼城，他願意付一年的薪水來請高人收了這妖孽！！

「又說什麼？」鍾流水眼一橫。

「沒有，走了。」

白靂雷催油門，路上沒多少人車，他也就快意的飆起車來，突然聽到後頭再度響起婀娜柔媚的女音。

「主人啊，霆雷君如此飆速，奴家一朵嬌嬌滴滴海棠花都頭暈了呀，暈得就如那風中裊娜的殘柳、雨裡凋零的落花……」

「他已非昔日白澤，智力也退化了，穩度大打折扣是自然的。」鍾流水回答。

車後座明明只有鍾流水一個人，白靂雷愕然吼：「哪個女人裝神弄鬼？給我出來！」

「啊啊要撞上電線桿了你這笨蛋，看前頭騎車！」鍾流水掐著他的腰怒叫。

白靂雷及時拉回車頭，差一點兒車子跟小命都不保。

可惡，鍾流水果然是他命裡的瘟神，自從認識他以後，他再沒過過好日子了！

鬼事顧問、零參。蚩尤齒。

【第貳章】流氓障眼迷陣，
石獅坐惹官非。

田淵市北邊，運河將七期重劃區隔開成兩個截然不同的天地，左半邊建築物櫛比鱗次，呈現新都市繁榮氣象，右邊則都是低矮平房，小巷穿插雜亂，群青巷就是其中的一條巷弄。

巷頭處有座破落低矮土地廟，案桌上擺了花跟祭品，桌後一塊石碑，上刻福德正神香座位，廟外對聯寫著：福蔭全鄉慶，神庇萬戶安。

剛過上班上學的尖峰時間，巷弄回復冷清，幾個老人家提了木板凳蹲坐門口聊天，跟遠處的高樓大廈作比較，更顯得此處如桃源悠然。

唯一煞了風景的卻是個奇怪的人。他是個穿西裝理短短平頭的男人，臉上的疤強調出某種江湖人的匪氣，一看就知道是道上混的流氓。

他在土地廟前停下，往四周迷宮一樣的巷弄看半天，滿臉疑難的掏出一張名片端詳。

名片上頭是這麼寫的——

鍾流水　特殊事件調查組顧問

民俗與風水諮詢，收妖化煞抓鬼

群青巷底，桃花院落

貳．
流氓障眼迷陣，石獅坐惹官非

「靠腰地址這麼寫，鬼才找得到鍾先生的家！」流氓恨恨罵，又洩恨似地往地下吐了一口痰，深刻表現他的不滿。

「廟前吐痰當遭天譴。」有男人在他身後說話。

突如其來的渾厚男聲讓流氓跳起來，立刻惱羞成怒，靠、他是流氓，平常只有他嚇人、哪有別人嚇他的分？怒然轉過身一看，本來空無一人的土地廟前卻突然出現了個高大青年。

青年手拿十字鎬、頭戴黃色工安帽，被汗水與塵土染髒的T恤裡是建築工人特有的矯健肌肉，目如朗星鼻梁端正，外表相當稱頭，建築工裝扮根本掩蓋不了他天生的神威凜凜。

本想出手教訓人的流氓自然而然收斂起來，甚至覺得雙腳有些抖，他這種道上兄弟雖然平日欺善怕惡，但只要一對某人產生懼意，那就什麼氣勢都沒了，當下從虎變成鼠。

「嘿嘿，我不小心……對不起對不起，我立刻清理。」

用腳推了些土蓋住他一口痰，眼不見為淨。

青年正要轉身離去，流氓叫住他，順手遞了根菸過去，嗜好抽菸的青年接過了，流氓又立刻掏出打火機替他點菸。

「大哥怎麼稱呼、哪裡高就？」

「阿七。」青年吐出一口煙，說：「廟祝。」

流氓看了一眼小小破破的土地廟，惋惜地說：「騙人的吧大哥，你相貌堂堂一表人才，當廟祝太糟蹋了，我工作的老闆正缺人，要不給你介紹看看？」

阿七冷眼一瞥，這流氓能介紹個什麼好工作？不就暴力討債黑道小弟之類的？

流氓見他沒興趣，乾笑了一聲也就打住這話題，改而問：「大哥大哥，群青巷怎麼走？我找路找得頭都暈了。」

阿七看到了他手中的名片，頓了一下後問：「找桃花院落的鍾先生？」

「是、是。」

舉起手中十字鎬，阿七往廟旁巷弄指到底，「那裡，桃花樹下。」

巷子盡頭的確有一棵開著紅色花朵的樹迎風搖曳，替城市灰白的建築物背景添上了柔軟的色彩，原來桃花院落真的有桃花，流氓先生忍不住千恩萬謝啊、感恩戴德啊、揮了揮手就往巷子裡奔去。

鎬上散發青冷寒光，阿七雙瞳陡然暗沉下來，十字鎬輕敲地面數下。

「混混沌沌，杳杳冥冥，翻天覆地，飛砂走石，移山換景惑心神！」

口唸法訣手捏劍訣，又揮鎬一圈，鎬尖最後又指著流氓背後。

前頭流氓打了個大噴嚏，下意識回頭看，阿七已經不知去向，地下還有個冒煙的半截菸屁股。

「見鬼了這是。」打了個冷顫，流氓低嚷著。

他忙著辦事，也懶得管阿七是不是裝神弄鬼，繼續要朝巷底去。奇怪，剛才天上還掛著個大太陽，怎麼一會兒就陰了呢？腳底更是冷颼颼，不知何時兩旁升起了霧。

「喵了這什麼鬼天氣？」

說著說著又打了個噴嚏，不以為意繼續朝前走，雖然有濃霧，桃花樹依然若隱若現，再說了，這一條巷子直到底，順著走下去還會迷路嗎？又不是小孩子。

愈走愈不對勁，巷底離巷口土地廟也不過幾十公尺，這都已經走了十分鐘了，怎麼還沒到盡頭？霧裡朦朦朧朧沒錯，但那桃花樹的粉紅花瓣依舊搖曳於前，始終與自己維持著一定的距離。

更詭異的是，明明知道不對勁，但他卻停不下腳步，愈走愈快愈走愈急，到最後竟然發力狂奔，桃花卻依然不遠不近，他跑得上氣不接下氣，胸腔疼痛的拼命擠出氧氣，霧愈來愈濃……

更可怕的是，剛剛他入巷子時，巷子裡半個人都沒有，此刻他卻感覺身後鬼影幢幢，可以聽到黑影們正在交談，有些說繼續跑啊跑，有些則吃吃低笑，似乎看他陷於困境很有趣。

他太害怕了，沒想到這居然是一條鬼巷弄，滿額頭的冷汗滴下，遮蔽了他的雙眼，他卻連擦汗的簡單動作都做不到，因為他的手停不住的揮擺，到最後汗水跟淚水混到一塊，他覺得自己最後不是被嚇死，就是脫力而死。

救命啊……

脖子一緊，有人硬生生把他給拽停了下來，終於停步的他卻還有些頭暈眼花，霧散了，暖暖陽光打在身上，他萬般慶幸，這真是往鬼門關轉了一圈回來啊。

清脆話語叮叮咚咚落下來，像碎冰擊打著湖面，像是醍醐灌了頂。

「不是阿財嗎？」

流氓就叫做阿財，見拽著自己的藍衣人含笑凝睇仙姿凜然，不是鍾流水又是誰？啊啊他原來是茫茫大海裡的遇難漁夫，鍾流水就是那提燈照大海、慈悲傳千古的媽祖婆，一個感動之下，立刻跪下抱住他的大腿痛哭流涕。

「大仙大仙，就是我阿財，我我我、終於見到你了，嗚嗚嗚～～」

貳·
流氓障眼迷陣，石獅坐惹官非

站在鍾流水旁邊的白霆雷剛剛見他一個大塊頭卻在巷子裡手舞足蹈還邊哭邊叫，懷疑他吃了搖頭丸，問：「阿財你很面熟啊，市警局喝過茶了吧？」

「阿Sir好。」流氓見到警察，那更是老鼠見到貓，阿財邊彈淚邊說：「這巷子有鬼！」

「被你抱大腿的人就是住在巷子裡的鬼。」白霆雷接口。

鍾流水本想照老規矩丟拖鞋，但是大腿被抱住，只好作罷，記到下次的帳上。

「沒有鬼，你太累了產生幻覺。」

這麼解釋的鍾流水卻跟站在巷口的阿七打了個招呼當道謝。阿七因為地盤裡住了位人物，所以常幫著過濾訪客，阿財這人在他看來不入流，還隨地亂吐痰，所以他用移山換景之類的障眼法來教訓人。

「對了，阿財你來找我幹嘛？」鍾流水問。

阿財為難地看了看白霆雷，忌諱著警察而不好說話。

「當他不存在，有事你說。」鍾流水說。

白霆雷內心幹譙，X的老子不是死人怎麼會不存在！？死人不會大發慈悲把你這神棍從警局送回來！

昨晚他在警局法醫室裡監督著同僚檢驗骷傀的屍體。骷傀是妖獸，必須送到警政署特殊事件調查科的妖獸鑑識中心去，而這一切行動都必須低調進行，連文件上都只能隱晦以不明生物來指稱，除此之外，他還需要另外打一份詳細報告以網路傳送過去，忙死了。

等目送包裹骷傀的屍袋離開警局後，天都亮了，他拖著疲憊的身體回辦公室，切，神棍臥在長官柔軟的大辦公椅裡睡得正香呢，酒葫蘆瓶空空如也，滿室酒味。

「好好好你居然在辦公室裡喝酒，你怎麼對得起納稅的廣大民眾、怎麼對得起我們鬼事組！？」白霆雷抓住鍾流水脖子搖啊搖，悲憤大喊。

好夢被打醒，脖子還被掐，鍾流水不發一發起床氣就不是鍾流水了，當下一腳踢飛警察，這才打個大哈欠伸懶腰。

「小霆霆送我回家去補眠吧，這椅子睡得不舒服。」

被人踢了一腳，缺乏睡眠的白霆雷火氣可不是普通大，而是特大、超大、超級大，「去警局門搭公車吧你！」

神棍笑咪咪，「雖然這是我的第一次，但我一定會好好珍惜這經驗，唉、又期待又怕受傷害呢。」

貳·
流氓障眼迷陣，石獅坐惹官非

什麼經驗什麼期待又什麼受傷害？白霆雷心底有不好的預感，耳朵突然聽到叮鈴鈴，那是他天天都會聽上好幾遍的天籟之音，但、這聲音怎麼會從神棍手上傳過來？

「神棍你又扒了我機車鑰匙，還來！」撲上去抓人，可惡，機車可是他最心愛的老婆啊！

鍾流水翻身閃人穿過辦公室門往樓下去，邊跑邊說：「哦呵呵我不還，我有一點兒緊張、有一點兒害怕，第一次騎機車呢……你也很緊張？放心放心，我知道怎麼騎……」

「不准你動我老婆！」怒吼聲響遍整條走廊。

回答聲從樓梯間往上傳：「朋友如手足，老婆如衣服，別執著衣服這身外之物嘛。」

白霆雷抓著轉角扶梯往下吼，「朋友妻不可戲你懂不懂！」

鍾流水這時都已經跑到一樓值班台了，隔著值班員警朝後頭放話，「朋友妻當然不可戲，但你是寵物不是朋友，哦呵呵來追我啊～～」

一整樓的員警都面面相覷，值班那個忍不住問說這歸不歸屬於搶奪強盜罪？另一個則說你不要命就去定鬼事組顧問的罪，以後怎麼死的都不知道。

正提著公事包來上班、還將過程目睹的孫召堂則語重心長說：小霆霆真要告，把案子丟給家事法庭去，這算婚姻訴訟……

白霆雷追到後頭停車棚，見鍾流水還真有板有眼的發動了車子，立刻跳上前座，硬生生把神棍給擠到後頭，還放話呢。

「我的車子只有我能騎，神棍你給我後面坐好！安全帽呢？戴好。」

順手將旁邊車子上的安全帽抓來安在鍾流水頭上，這時發現對方笑得陰沉，喵的他幹嘛這麼自動自發啊！算了算了，趕緊把這瘟神送回家去，還他一個乾淨純然無憂無慮的工作環境吧！

所以，這就是一大上午鍾流水跟白霆雷施施然從外頭回到家的原因。

鍾流水見阿財吞吞吐吐，於是給白霆雷施了個眼色，意思是你回警局吧，別妨礙我接私人案子，錢不好賺呢。

白霆雷都憤恨了，好，神棍愈是想趕人，他愈是不走，他非要聽聽這阿財搞什麼鬼不可！

鍾流水沒辦法，只能把阿財跟警察一起帶回自家的桃花院落。

桃花院落是一間傳統的紅磚青瓦三合院，雕花木板門及直櫺木窗古意盎然，作為指標的桃花樹娉婷玉立院中，風吹落英繽紛，將院子染成一片桃紅色澤。

推開竹籬笆門，一隻白色小公雞咯咯咯咯叫，一見到白霆雷立刻撲過去啄，你又來啦笨老虎，啄死你啄死你！

貳・流氓障眼迷陣，石獅坐惹官非

「去啄新客人！」白霆雷虎吼吼氣罵。

阿財心中暗罵這警察比他們流氓還壞，叫唆小雞傷害他。

鍾流水指揮白霆雷去屋裡搬椅子給客人坐，又一把拎起小雞問：「小玉你說姜姜又賴床？章魚跑來接他上學了，還帶早餐？章魚這孩子有前途……」

阿財這下更對鍾流水更是佩服的五體投地，大仙居然能跟雞對話，還能指使囂張的警察辦事，要是能請這麼神的大仙出馬，老闆家的問題肯定能解決。

桃花樹下，鍾流水舒服躺在自己的逍遙椅中，愜意問阿財來訪的原因。

「大師啊，我現在的老闆家裡鬧鬼，老闆千金還被鬼上了身，棘手啊。」阿財說。

「田淵市裡有玄奇門、天青總壇、茅山分會，每一個都能解決這事，不需要特別來找我。」鍾流水說。

「都找過了，卻解決不了，我後來跟老闆提了大仙幫助過我的事情，老闆立刻派我來請你出馬。」

原來在幾個月前，鍾流水被白霆雷抓到警局拘留室裡等著審訊嬰屍一案，當時同室裡還關著幾位道上兄弟，阿財就是其中一個，鍾流水一眼就指出阿財身體上多年的不適是因為被怨靈纏身，提供他解決的辦法，又坑走他身上高價的雞血石貔貅墜飾，用來治療身上的陰毒。

阿財後來真的聽從鍾流水的建議，不當流氓了，另外找了個正當工作，現任老闆遇上的事讓阿財上心，這才向老闆舉薦。

「連那幾家都解決不了，的確棘手。」

鍾流水興趣來了，案件棘手，表示鬼物不尋常，不尋常的鬼物通常怨氣強靈力高，這樣的鬼可是珍饈啊。

阿財卻誤會了他的意思，以為鍾流水暗示較高的報酬，忙說：「錢不是問題。可憐我老闆就一個獨生女，花樣年華，結果每晚都發瘋，把家裡的骨董砸得都不成樣……」

「你家老闆收集骨董？」

「不只收集骨董，還經手古物玉器買賣，家裡那些擺飾要拿出去賣，都是能上佳士得拍賣行的珍罕藝術品。」阿財得意洋洋地說。

「說說老闆千金的狀況。」

阿財擦擦汗，立刻把老闆家的情況簡單報告了下。

從上星期起，他家小姐每到半夜就會夢遊，然後在家裡翻箱倒櫃，好像找什麼東西，老闆跟

貳・
流氓障眼迷陣，石獅坐惹官非

幾個住在家裡的員工要制止她，小姐卻是力大無比翻臉不認人，必須全部人一起上，用合金鐵鍊綁在床上，才能讓她安靜一下。

「聽來只是普通的撞邪。」鍾流水問：「玄奇門跟茅山都專精於收驚化煞，他們真無法處理？」

「玄奇門是由張掌門親自出馬的，他也找不出小姐撞邪的原因，無法化解，茅山總會也是同樣的說法。」

聽來這邪物果然不簡單，鍾流水說：「走，現在就去你老闆家看看。」

阿財放了心，他還怕這樣的高人會有很多奇怪規矩來刁難呢，沒想到輕鬆就願意跟著走，太好了，要是大仙解救小姐有功，自己在功勞簿上也會被記下一筆，喔喔年終獎金肯定不少了。

搓著手陪笑，「那、大仙，我開了車來，就請移步吧。」

鍾流水點點頭，一旁的白霆雷卻沒什麼興趣，這種案子雖然也隸屬於鬼事組的範疇，但阿財家的老闆沒報案，他們也不會隨便去過問，擾民嘛。

所以白霆雷認分的回市警局了，而鍾流水坐上閃亮黑頭車囂張而去。

阿財的車一路開到田淵市最多富豪縉紳居住的豪宅區去，該區緊鄰政府機關，安全性強，交通便利卻又沒有商業氣息，因為緊臨林蔭大道的緣故，更能於喧囂的市區中獨享特有的寧靜。能在此區擁有透天別墅，顯得阿財的老闆不簡單，阿財介紹說老闆姓葉，單名鈞，是田淵市裡有名的古物商人，妻子幾年前過世了，有個十六歲的獨生女。

「大仙你會算命，順便算算我老闆何時再婚。」阿財有點兒皇帝不急急死太監的味道。

鍾流水不置可否，就在車子要駛入別墅前讓阿財停下，他要先看看這家的格局與家運，找出邪魅發生的原因。

這跟醫生替病人望聞問切一樣，他第一步要做的就是望，望風水，若是屋外煞氣重重、內裡格局也有問題多，若再逢上主人行背運，可就容易招鬼引鬼了。

別墅被一圈鐵欄圍繞，入口處甚至有安全警衛，倒像裡頭住著的是高官貴人似的，阿財跟警衛交代了幾句，警衛用不善的眼神把鍾流水從頭到腳看一遍後，才從口袋拿出對講機往屋裡頭報告。

「老闆馬上就出來，請鍾先生隨意。」警衛卸下鬥犬般警戒的態度，但看來還是對這位花美男神棍有很大的疑慮。

貳・
流氓障眼迷陣，石獅坐惹官非

鍾流水拿出羅盤隨意繞了一圈，阿財跟前跟後解釋，「我們老闆買房子前，還特地請來有名的風水名人藺老師出馬，配合老闆八字，才相中這間別墅……」

「嗯，看得出來。」鍾流水瞇著眼說：「市區一般地小人多，開門就見煞，但這建築擁有相當比例的庭院，能直接汲取地氣滋養，生風起水，好運不絕……」

話還沒說完，後頭有人拍手。

「藺老師也是這麼說，還說我目前正行吉運，因此能買到好宅。風水雖然不能改變命格，卻是推舟的順水，我這幾年事業大發，想來這棟吉宅也起了推波助瀾的作用。」

阿財立刻轉身，恭恭敬敬鞠躬喊了聲老闆，來人是誰自不用待言。

葉鈞這人外表看上去就跟社會上事業有成的中年人一樣，卻多了幾分悠閒的態度，灰黑相間的整齊短髮與眼角幾道魚尾紋顯示他從事著勞心的工作，眸中偶閃一抹冷酷與平淡的專注神采，這人比所能觀察到的更為深沉。

「鍾流水。」神棍淡淡介紹自己。

「屋子沒問題吧？」葉鈞再問。

鍾流水點點頭，抱著羅盤經過主屋大門要進入時，突又停步，指著門口一對雕琢質樸外觀大氣的石獅子回頭問葉鈞。

「這獅子應該是最近才安置的。你口裡的藺老師既然能挑出好房子、整出好風水，不可能犯上低級錯誤。」

葉鈞蹙一下眉頭，這對石獅子的確才安上不到一個月，聽說放門口能擋煞。

「問題出在這對獅子？我女兒……」

「你女兒的事應該跟獅子無關。」鍾流水冷冷說：「倒是你，最近有官非吧？」

葉鈞平靜地答：「的確有些小麻煩。」

「獅子為凶物，取其凶猛之意以鎮惡，屬於官家名器，皇家貴族或正直高官才可以在門前放獅子；如果家主人的職業或行事偏邪，必遭官禍惹官非。」

葉鈞微斂表情，「……鍾先生想說什麼？」

「我想說，你看起來不太正派。」

所以帶正氣的獅子才會為他招來官家上門之禍。

阿財這時候對老闆小小聲說了些什麼，葉鈞緊皺的眉頭因而舒緩了些，阿財剛剛是報告，鍾流水本身為警局顧問，可能早就知道葉鈞因為涉嫌走私文物而遭受調查。

貳・
流氓障眼迷陣，石獅坐惹官非

不能排除鍾流水是憑藉小道消息或察言觀色來混飯吃的神棍，葉鈞心裡定了定，但還是有些疑惑，他可也是經歷風浪之人，而鍾流水看來年輕稚嫩，一雙桃花眼卻精明歷練，彷彿輕輕一瞥就能看穿他人，那是能窺探靈魂深處的眼。

葉鈞裝得什麼事都沒有，請鍾流水入內，回頭又讓阿財安排這幾天撤掉石獅子，他心裡雖然對鍾流水頗有微言，但剛剛一番解釋倒也合情合理，他並非不懂圓融變通的人。

房子裝潢古典，家具全是高檔的紫檀木，格架上還有少見的磁州窯梅瓶，這種原來用來盛酒的容器因為口子小，後來的文人認為與瘦骨嶙峋的梅枝搭配，所以才叫做梅瓶；邊角一個青花龍紋香爐裡杳杳飄著青煙；壁上更掛著幾幅字畫，說真的，這屋裡的擺設的確很合乎古物商人的地位。

阿財送上茶來，鍾流水卻不理會，只是站在客廳中央看羅盤，面露不解。

「貴千金呢？」他問葉鈞。

「小女白天很正常，上學去了。」葉鈞又說：「但是晚上十一點到一點之間，她就會大吵大鬧，像是變了個人，都必須用鐵鍊將她固定床上，免得弄傷自己。」

說到這裡葉鈞都有些傷神了，他妻子離開的早，因此對這女兒特別疼愛，如今卻發生了他無法理解的問題，弄得他有些心力交瘁了。

「我需要看過屋裡全部的房間，包括小姐的。」鍾流水說。

之前請來家裡的法師道士也都做過相同的要求，葉鈞自然應允，親自帶他在兩層樓的別墅裡走了個遍，包括飯廳、浴室、就連屋頂陽台也沒放過，最後鍾流水站在主人的大書房裡沉思。

「鍾先生看出哪裡不對勁了？」葉鈞問。

鍾流水搖頭，沒說什麼。

葉鈞一笑，掏出一個紅包袋遞過去，「鍾先生辛苦了，請笑納。」

鍾流水也笑，卻是冷笑，他沒接受那謝禮，「我不接你這案子。」

葉鈞變臉了，「要多少錢你開口。」

「不接不是因為錢，而是你不老實。」

「怎麼說？」一抹陰狠自眼中滑過。

「聽阿財說你專門經營古物買賣，我因此猜你收了有問題的明器，招惹惡鬼上身……」

「明器不宜放在家裡，這道理我還懂。」葉鈞說。

已入土的古物都是陪葬品，陰氣重，放在家裡容易讓家人產生幻覺，所以收藏家一般會把這

貳‧
流氓障眼迷陣，石獅坐惹官非

類收藏另闢小屋收起來，不會放在主屋之中。

鍾流水眼睛於案上放置的古玉上流連一會，那是明器。

葉鈞解釋，「藺老師說了，陪葬品裡的古玉能辟邪，所以我放了鎮宅。」

鍾流水點點頭，眼睛朝上移，牆壁上另有個羅盤掛件。

葉鈞又說：「前幾天有朋友說家中若有人見鬼，掛羅盤能化煞安宅，招財效果威猛，所以……」

「貴宅格局端正，無重煞近煞，掛置法器與吉祥物不過是錦上添花罷了。」鍾流水冷笑，「我只是想，也許你在生意上與人結怨，女兒被下了厭勝術而遭受詛咒，但就我目前所見，你家裡內內外外都沒問題，當然，這是指我眼睛所能看到的部分。」

「鍾先生有話就請明講。」葉鈞嘴角抽動了一下，但他掩飾得很好，幾乎沒任何人發現這心緒抖動的象徵。

「屋裡沒有鬼氣，貴千金沒撞邪。」

「但是……」

鍾流水看他的態度，知道他肯定有事瞞著，聳聳肩說：「容我提醒，有些明器的主人死於非命，產生的怨氣非比尋常，這怨氣長年留在墓中，墓裡所有的陪葬之物自然而然會吸附那股怨氣……」

「若真是如此，鍾先生可有解除怨氣的法門？」葉鈞這會兒終於有些緊張了。

「我免費教你最簡單的一種方式。」鍾流水眨眨眼，「丟了它。」

「呃……」

「丟了它也不保險，那東西哪裡來，最好就送回哪裡去，方能保你百年無憂。」

「可是、這……」葉鈞竟有些失了從容。

「別送了。」

瀟灑走了出去，鍾流水動作快得像一陣風，讓葉鈞及阿財都反應不及，阿財追出時人早已不見，他問門口警衛人往哪裡走，警衛卻一臉愕然，說根本沒人出門，瞧、鏤花鐵條門還緊閉著。

阿財回頭對葉鈞說，「老闆，我現在擔心鍾先生是警方派來探案的……還是別找他了……」

「鍾先生說話有點兒意思，跟之前請來的人不同……他剛才對客廳裡的梅瓶多看了幾眼，大概中意那東西，你親自送到他家去。」

阿財立刻跑客廳去拿梅瓶，嘴裡嘟嘟囔囔，鍾先生讓老闆丟東西，是丟哪個東西呢？若是丟

貳·流氓障眼迷陣，石獅坐惹官非

了那樣東西小姐就不會夢遊，老闆又為什麼不丟呢？老闆的想法可不可以別那麼高深莫測？

總而言之，又得跑腿了，現在跟老闆提辭職來不來得及呢？

那條群青巷有鬼啊～～

走在路上，鍾流水喟嘆：沒帶小霆霆一起出門還真是失算，現在他得靠兩條腿走回桃花院落，天知道他最懶得走路了。

也罷，安步以當車，晚食以當肉，待會兒往城隍廟找城隍爺串串門子好了。

驀地他開口問：「見諸魅，可有聞到鬼物？」

見諸魅阿諛軟魅的柔調響起，「沒有陰氣卻有怨氣，卻是不明顯。主人啊，你也知古言有云：鬼神之殤，大煞；星宿之殤，至煞。奴家聞那怨氣裡有鬼神之殤，若是多管閒事，怕會引起天庭關切，到時後患無窮呢。」

鍾流水嘆氣，自然知道天庭為了維持三界秩序，特別敏感於煞器、妖物及煞人的面世，他的外甥姜姜被列屬於凶悖魂體，可也得當心著些，說不定哪天被雷給劈死了，他可就無顏見自家小妹了。

「煞物出土，定會惹風興浪，希望那人能聽我良言。」

見諸魅嬌笑：「天下本無事，閒人自擾之，主人你說是不是？」

是啊，偏偏凡人總愛生事。

所以成就了人世。

鬼事顧問、零參。蚩尤齒。

【第參章】天兵得意春風，章魚幽怨尋蹤。

阿財這傢伙忠心耿耿，老闆交代的事情一定會去辦好，但事情總與願違，第二天起他抱著梅瓶前往群青巷，雖然沒再遇上阿七，但是只要一進子巷就迷路。

知道巷裡有古怪的他甚至準備了八卦鏡掛胸前，五帝錢掛腰間，背揹三十六天罡圖，腕纏五色石，手持驅邪定心白檀線香三枝，他就是那挾著青龍偃月刀的關雲長，準備過五關斬六將……沒有用，真的沒有用。

你說呢，明明就是一條直到底的小巷弄，巷底還有桃花樹作指標，偏偏只要踏入幾步，就會產生他頭一次拜訪時同樣的幻覺，天陰、起霧、鬼隨……

幾次之後改由葉鈞親自出馬，竟也碰上跟阿財同樣的情況，這下他也開始頭疼了。

「從別的地方下手吧，先調查他家裡還有些什麼人。」最後葉鈞說。

人都有弱點，鍾流水也不會例外。

鍾流水有個外甥叫作姜姜。姜姜不是綽號，他真的姓姜名姜，六歲時母親過世，從此跟著舅舅到田淵市落腳過生活。

如今的姜姜十六歲，高中一年級，功課普通人緣不差，雖說長了張類似於美型偶像的臉蛋，但因為太蠢了，長相再怎麼帥，女同學也都當他是天兵。

參．
天兵得意春風，章魚幽怨尋蹤

天兵也是有春天的。

這兩天姜姜發覺自己跟某位二年級的女生特別有緣，比如說在走廊轉角跟對方撞上了；比如說學生餐廳裡，她特別跑來跟自己坐同一桌；比如說上下學時女生總會等在校門口特意看著他。

那女生圓圓的臉蛋非常可愛，眼睛又大又亮，皮膚更是好，用專業術語來說，就是萌。

「章魚章魚，我要追她！」姜姜立刻對死黨兼同班同學張聿修發表泡妞宣言。

「你說過邱芊雨才是你心目中的女神。」張聿修提醒他。

邱芊雨原本是班上的女同學，但幾個月前因為濫用降頭術，導致身體大受傷害，目前休學在家裡養病。

「小晴是我心目中的天使。」姜姜流著口水說，他早就打聽好對方的名字了。

張聿修雖然也到了對異性產生興趣的年紀，但他是玄奇門掌門人張敬的長子，每天回到家裡都忙著修習道法數術，比一般同年齡的男生清心寡慾，所以很不能理解姜姜為何常常會發花痴，有這樣的時間拿來唸書不好嗎？

「呃、加油。」只好隨口應付了。

因為這樣，放學的時候看見葉晴站在教室門口朝姜姜招手，張聿修一點兒也不意外。

姜姜滿臉桃花到門口，從小晴手裡接過一封信後，紅著臉回座位上，他才剛決定要追人家，結果人家主動倒貼來了，肯定是她早早就仰慕起自己的絕代風華。

「章魚章魚，怎麼辦，我第一次收到情書耶。」滿眼放光還故意放大音量，擺明了向同班同學炫耀。

果然其他男同學都好奇圍過來，姜姜甩著小花信封呵呵呵笑。

「你們都說我很帥，卻帥的不明顯，事實證明你們錯了，女生們不過是被我給帥暈了，害羞不敢來……」

「人若囂張天誅地滅，揍他！」臉上長滿痘痘的小光光開口喊，其餘男生立刻一擁而上揍人。

姜姜立刻哇啦啦喊了。

「章魚救命啊救命啊救命啊救命啊～～」

張聿修輕咳一聲往他們瞪過去，那些人立刻一哄而散。

沒人敢對張聿修不敬，因為據說本校曾經有個不良少年跟張聿修勒索，當晚回家就車禍斷了腿，所有人都說是被張聿修詛咒的，他家裡開神壇，對誰不爽就會下符害人。

參．天兵得意春風，章魚幽怨尋蹤

天大的冤枉啊，張聿修是不折不扣的好孩子，深諳逆天行事會遭天譴的道理，從來也沒依靠所學來欺壓他人，而他若真的這麼做了，被他父親知道可也會被打斷腿，也就是說，那個不良少年是自己過馬路不看車，自作自受來的。

無緣無故被扣了帽子也不辯白，張聿修就是這樣一個好孩子。

總而言之，兩人身邊淨空了，姜姜立刻拆開那散發香味的情書，看的專注而認真，讓旁觀的張聿修都忍不住嘆氣，同學你考試前也這麼用功唸書的話，就不會老是在班上倒數第一與第二之間徘徊了。

「啊、她約我放學後去吃聖代，有話想跟我說。」眼睛瞄到張聿修的褲腰帶，「借我一百塊，約會不能讓女孩子付錢。」

你約會為什麼找我買單呢？張聿修也懶得計較，不過他還是提醒，「她看來家境不錯，不需要你請客吧？」

張聿修家裡開神壇，平日接觸三教九流的人多，因此眼光準確，能從一個人身上的服裝及談吐來判斷對方的教養、職業、學歷、及家境。那女生雖說身上穿的是普通制服，但手上戴著的女錶及腳上的名牌鞋，都不是普通人家負擔得起的高級品，所以才會這樣提醒姜姜。

「喔，那正好，我跟她結婚後再還你錢。」姜姜這麼說。

年紀輕輕你就已經訂好將來吃軟飯的計畫了嗎？蒼白了張聿修，不，這天兵沒那麼會計算，大概順口說說而已。

姜姜很快樂的揹起書包去赴約了，張聿修親眼見那兩人會合，自己也舒了一口氣，今天起碼他不用繞路載天兵回桃花院落，那小子懶得很，從不想勞動兩條腿走路，天天吵著搭便車。

套句白警官說過的話，這叫遺傳，還是劣性遺傳。

但張聿修還是非常真心地祈禱，天兵王子跟富家千金能夠從此能過著幸福快樂的生活——

顯然他的祈禱不太給力，因為晚上八點鐘的時候，有個不速之客來夜襲。

「聿修君、聿修君，奴家來喊姜姜回家了……唉唷、奴家這眼是不是瞎了，怎麼沒看見姜姜？」

一隻暗紅色大蝙蝠在張聿修房間裡飛來又飛去，偏偏出自她嘴裡的聲音是最要命的吳儂軟語，每字每句婉轉優美，跟她的外表呈現令人難以置信的反差。

張聿修對於這隻會說話的蝙蝠已經見怪不怪了，鍾先生那是什麼人啊，就算哪天他派隻老虎

參・天兵得意春風，章魚幽怨尋蹤

來也不意外。

「呃、見諸魅小姐，姜姜跟別的同學約了吃聖代，沒來。」

「是姜姜要聿修君編謊話騙奴家吧？不行唷，聿修君你是好孩子，別被姜姜牽著鼻子走，要對他曉以大義，勿以惡小而為之……」

張聿修臉上掛一條黑線，姜姜出門玩樂不回家，怎麼管教的責任會算在自己頭上呢？人家拉屎他不負責揩屁股呀。

「他今天真的跟另一位女同學走，還沒回家，不會走丟了吧……」

說到這裡也覺得很擔心，姜姜誰啊，標標準準蓋了正字標記的天兵一枚，而天兵是什麼？捅紕漏是常態，犯白目是天性，永遠少一條神經，這種人就是長了兩條腿的公害，放出去肯定危害社會。

張聿修是好人，無法坐視此種不道德的事情發生，還是出去找一找吧。

披外套下樓前覺得不放心，摘下牆壁上的銅錢劍揹身後，剛好跟父親碰上。

「姜姜今天沒來？」父親是很訝異。

第二條黑線掛上，張聿修無奈了，什麼時候姜姜來家裡蹭飯吃佔網路線都成為常態，常態到父親都習以為常了？

「張掌門，就借用聿修君陪奴家去找人囉。」蝙蝠盈盈飛舞，款款細語。

「小犬若能幫得上忙，請儘管驅策，另請替我向鍾先生問好。」張敬握拳拱手說。

張聿修臉上三條黑線都齊了，父親這是把自己直接賣給了鍾家做牛做馬是不是？但老實說，鍾流水對自己有恩，曾幫助驅除他體內的降蟲，這恩情自然是要還的，照顧姜姜其實不算什麼。

見諸魅先回桃花院落去，跟鍾流水報告姜姜不在張家，張聿修則騎著腳踏車往學校附近繞轉，姜姜平日愛去的幾家店都看過了，沒人，唉、早知道就先打聽好他跟葉晴往哪家吃聖代。

想了想，轉往市中心最熱鬧的捷運站前廣場去，那裡每到晚上都會有些年輕樂團做街頭表演，姜姜很愛去湊熱鬧。

還是沒找到，張聿修最後頹然回到桃花院落去，鍾流水就跟往常一樣，袒胸躺於桃花樹下逍遙椅中，手裡還搖著一只小酒葫蘆，臉上紅豔方勝，醉得可不輕。

「鍾先生，姜姜回來了？」

打了個酒嗝，「沒有。」

張聿修很想說，鍾先生你家小孩失蹤了，你起碼表現得緊張些吧？但還是先把姜姜收了情書、又跟女同學出去約會的事情說了。

「我應該跟去的。」最後他痛心疾首。

鍾流水聽到姜姜去約會，陡然怒眼圓睜，秀氣的臉都猛獰如鬼，看來是酒醒了，一聲低吼如悶雷傳響。

「不對！」

「不對？」張聿修愣問：「我不該跟去？」

「不對，姜姜雖然一臉桃花相，但不代表有桃花緣，就算有也是爛桃花，爛到不行的爛桃花。」

張聿修一凜，他當然知道爛桃花代表什麼意思，爛桃花常表示追求者會讓事主人財兩失、傷害名譽甚至危及生命，總之就是會帶來厄運的一種異性緣，這麼說來……

「那女孩住哪裡？」鍾流水又問。

「我不認識，姜姜喊她小晴，是高我們一年級的學妹。」說著說著張聿修想了些打聽女孩住址的方法，比如跟校長央求翻找學生名冊……

「尋人法術很多，圓光術？不、弄這法術前必須沐浴更衣戒酒戒色……」鍾流水看了看腳邊幾個酒罈子，有些心虛，又轉而說：「紙鬼尋人？必須有姜姜的真名及生辰八字，這兩種我都沒……」

張聿修聽到了奇怪的事，「鍾先生不知道姜姜的真名與八字？」

鍾流水看了他一眼，「他母親沒說。」

所以姜姜這古里古怪的名字是舅舅取的囉？鍾先生你這人也太隨意了，張聿修這會兒終於能體諒姜姜的天兵，家庭教育太重要了。

就聽鍾流水還在那裡思量，「茅山引路蛾也可以……對了，玄奇門的『蝶戀花』！」

張聿修被提醒了，對哦，他曾經以自家的「蝶戀花」一術追蹤過姜姜，從而找到桃花院落這一處世外桃源，但……

「施用『蝶戀花』一術，需要姜姜的頭髮或指甲。」他提醒。

鍾流水從善如流，朝暗處喊：「小玉，去姜姜床上枕頭找他的頭髮！」

咯咯咯，還沒到報曉的時間，主人你怎麼捨得讓我醒？公雞小玉繼續窩著埋頭睡，對、身為神鳥天雞，日出時的初鳴能破陰起陽，然後天下群雞方敢隨鳴，以牠這麼高貴的身分，怎麼可以隨隨便便半夜裡不睡覺去找頭髮呢？太沒格調了說～～

參．天兵得意春風，章魚幽怨尋蹤

「不聽話，下回我真把你送給白澤，他最愛吃雞肉了。」

主人好壞呀，小玉哭哭哭，立刻跑姜姜房裡叼回一根柔軟髮絲。

張聿修不敢拖時間，取了頭髮又要了紙筆，由於一旁鍾流水看著，讓他比平日父親於旁點撥時更加來的戰戰競競。

先畫主符一張，符紙連同髮絲焚了，殘灰於空中翻飛，恰似蝶舞翩躚，之後腳踏罡步、手捏法訣、口唸化蝶咒。

「蝶戀花香尋芳影，上天入地闖幽冥，速速尋人不得停，疾！」

殘灰倏化青光點點，張聿修於腦海中凝想所尋之人的相貌語態，藉由頭髮與本體精氣相連的特性，「牽一髮動全身」，讓兩者牽起一條引魂路，法術才能準驗。

說來簡單，其實極耗心力，同時間心緒不得有任何雜念，一動妄念前功盡棄。

鍾流水也知道這一點，他要張聿修行這法術，其實存著考察的意味，這孩子雖不是學法的最上等之資，但他的認真專注可彌補這點，而且他還有修道之人最重要的特質，就是正氣凜然，此德行能與天地正氣相互應和，除弭邪氣。

將來必有用他之處，鍾流水陰陰地笑了。

他在這裡算計著，一旁張聿修卻是屏氣凝神，一抹殘灰是一點青光，聚集融合後落入掌中，形狀看起來倒像是一個蛹，很快有東西破殼鑽出，是翅膀還未乾燥的成蟲，張聿修立刻朝它吹出一口帶著自身陽氣的風，幫助它舒展翅膀，同時限制蝴蝶只聽從他命行事。

蝴蝶觸角動了動，接著前翅後翅微顫，每一顫動，其上鱗片便反應七色彩光，像是黑夜中的一盞彩燈，張聿修立喊催蝶咒。

「急如火雷風，忽去鬼無跡，飭令蝶換形！」

蝴蝶像是被注入了滿滿活力，輕快朝天空旋轉舞動，公雞小玉這時候見獵心喜，雖然覺得蝴蝶沒多少肉，但睡覺被吵醒了，肚子餓，小蟲子拿來當當消夜也不錯，玉翼一拍就要撲上，半空中被鍾流水打回來，咕咕咕咕滿天飛起雞羽毛。

雖是醉意滿滿，拍雞手法卻依然快狠準，調教寵物鍾流水最在行了。

「不准吃，我們還靠它找姜姜。」

「鍾先生，快追！」蝴蝶飛遠了，張聿修忙提醒人。

腳踏車才剛踩上，鍾流水已經自動自發坐往後頭，張聿修在心底烙下了鍾先生跟姜姜果然是親舅甥啊，上車之前一聲招呼都不打的，把人當司機用得順理成章。

跟著蝴蝶穿街走巷，鍾流水覺得這路愈來愈熟悉，三天前他才親自用兩條腿走過，因此猜到誰拐走了姜姜。

葉鈞。

這人還真不死心啊，都擺明了不接案、不見客，讓阿七嚴格過濾要進入群青巷的人，生生把阿財弄哭了好幾次，沒想到對方直接找姜姜下手，看來對方的意志力果然堅定。

就不怕受到報復嗎？

張聿修並不知道箇中緣由，見蝴蝶飛呀飛呀亞咩蝶，卻在一棟附有超大庭院的高級別墅前停了下來，他知道這一區裡住的人非富即貴，難道姜姜也在裡頭？

想起了那位學姊，或許正是這裡的住民，說不定……

按照道理說，蝴蝶會尋找被指定者的生氣，就像搜尋花朵好汲引花蜜，法術會驅使它直飛到姜姜身邊，至死方休，但奇怪的是，蝴蝶卻於門前徘徊不去，彷彿被某種看不見的門牆擋住。

「鍾先生、這……」他猜測，「可能遇上惡魔挪偷阻行，我會以退妖催飛咒……」說著說著就手劃催飛符，捏靈官訣，口唸嚇鬼咒：「……六丁六甲，拿解上清……」

鍾流水制止他，瞇著眼看了看門口，問題肯定出在那對石獅子身上，那石獅太過威猛，雖然會替主人惹來官非，但也盡責將一切惡意阻擋在外。

「我來應付。」他很瀟灑地說。

張聿修激動啊，鍾流水道行高深，肯定有厲害法門要施展，得好好見識。

鍾流水跳下車，站在有警衛站崗的雕花鐵門前，瞪了一眼警衛。

「我來了。」

警衛緩緩舉起手，看來要採取不友善的拒退行動……

鐵門緩緩開啟，鍾流水甩袖進入，順暢自然。

張聿修在後頭張大了嘴合不攏來，這、這、這、不該是這樣，鍾先生你應該甩出你的葦長索、揮舞你的桃木劍，腳踏七星手捏法訣，巽風陣陣電光閃閃把擋住蝴蝶的妖魔鬼怪都給斬了，然後衝入屋子裡去帶回姜姜才對……

就這樣?就這樣?有保全系統有防盜設備還有高科技監視器的鐵門就輕易開啟，警衛還無條件奉送和氣親切的笑?

期望愈大失望愈大，張聿修深刻體驗到了。

「別發呆，一起進來。」鍾流水回頭喊他。

參・
天兵得意春風，章魚幽怨尋蹤

張聿修遲疑了一下，把腳踏車放在警衛室旁，跟著也追入，化蝶貼著他飛，經過石獅子邊時，張聿修還聽到輕微的劈啪響，轉頭一看，蝴蝶翅膀上多了幾點燒灼的小焦痕。

這石獅太過恪盡職守了。

葉鈞已經在客廳中央等著了，阿財也在，另外還有幾名同樣虎背熊腰的人，穿著像是白領階級，但氣質全跟阿財一個樣，也就是流氓。

但是最讓人氣憤的竟然是姜姜，他坐在一張圓柱六足的海棠式梳背椅裡，身旁葉晴正餵他喝著一碗冰糖銀耳蓮子湯，春風得意呢，蝴蝶則於他頭上飛繞翩翩，但行動失了平衡，被石獅的氣勢傷的。

「啊、蝴蝶！」姜姜說著說著就要抓著玩。

張聿修過去抓了蝴蝶輕吹一口氣，蝴蝶化回一根髮，起火燃燒成灰。

「章魚你什麼時候又偷了我頭髮?小心我舅舅罵你。」姜姜轉而責問起死黨，他很早就知道蝶戀花是什麼樣的法術了。

「你啊……」張聿修都不知道該說這天兵什麼了。

「舅舅，葉伯伯正說要送我回去呢，你們就來了。」姜姜接著說。

「送？」鍾流水斜睨一眼葉鈞，「早該送了，是故意拖到這麼晚，讓我傷神尋來吧。」

姜姜因為在這裡吃了好多美食，自然心向著主人，主動幫著解釋，「小晴好可憐喔，說我長得好像她死去的弟弟，所以請我來這裡跟葉伯伯說些話，讓葉伯伯不要那麼難過……」

「我以為她喜歡你。」張聿修覺得姜姜真可憐。

「沒關係，姐弟戀也可以。」天兵信心滿滿小聲說。

張聿修無言，心底想：姜姜你繼續加油吧。

鍾流水突然說：「葉先生根本沒兒子。」

「鍾先生是特殊事件調查組的顧問，想必早已查了我的背景。」葉鈞大方承認。

「我沒那麼多空查你背景。」鍾流水哧一聲，「觀葉先生面相，雖然骨豐，卻無肉無氣，加之後枕平坦，主孤刑，命中當無子，就算得了女兒，那也是祖先厚積的陰德，葉小姐哪來的弟弟？」

就聽阿財在一旁喃喃自語說：好準啊，大仙果然是大仙！被他老闆瞪來一眼，立即閉嘴。

「你好，我是葉晴，姜姜的學姐。」

葉晴知道鍾流水是姜姜的舅舅，低頭打招呼，按理說她該喊人家一聲叔伯，但她一見到人就臉紅了，對方臉上雖然有個難看的蝙蝠胎記，但不掩天生的風流俊雅，加上人年輕，這一聲叔叔伯伯怎麼樣都喊不出口。

鍾流水點了點頭，臉色難看，這就是悲劇的女主角？觀其氣色如常，一點兒也不像卡了陰，怎麼回事？

為了保險起見，他立刻開天眼細查葉晴的魂魄，一般而言，人有三魂七魄，多了造成盜魘，少了叫做丟魂，但葉晴很正常，完全沒有異樣。

葉鈞見鍾流水死盯著女兒瞧，乾笑著說：「請體諒我擔憂小女的一份心思，雖說每晚的夢魘並不嚴重，但長久下去終不是個辦法，還請鍾先生施神手救治。」

「我最討厭霸王硬上弓這種事了。」鍾流水懶散地說。

「阿財，把我特地為鍾先生準備的東西送上來。」葉鈞回頭說。

阿財得令，立刻到後頭去。

鍾流水閒散地往離他最近的一張椅子坐下，傭人立刻送上一碗熱茶來，但他卻只是淡淡說：「我連錢都不要，你還能拿出個什麼籠絡我？」

葉鈞笑而不答，很快阿財回來，手上提了個沉甸甸的東西，卻是不久前擺在這客廳上的梅瓶。這瓷瓶上部渾圓飽滿，下部峭立挺拔，由於口沿極小，文人雅士喜歡拿來插梅枝，但，這東西最初設計的功用卻並非如此。

「我不否認自己還暗中經手些利潤高的買賣，比如說這梅瓶，由不具名的人士從明朝王族的墓中起出，我費了好大一番工夫才運送過來……」

這個不具名的人士指的就是盜墓賊，光看這梅瓶，上頭繪製五彩雲龍，就可以猜出某個極具考古學術價值的古墓被盜墓賊給造訪過了，要不，這東西早該送入博物館，供考古人員研究。

「我對骨董沒興趣，更別說這東西不好養，當夜壺也不好清理呢。」鍾流水涼涼地說。

「梅瓶出土時，瓶口還被拌有糯米漿的石灰膏給嚴實封住，壺蓋咬合緊密，打開時聞得到酒香，裡頭盛裝著晶瑩紅豔的酒液，泡著乳鼠跟中藥材。鍾先生好酒嗜酒，對這幾乎保存了四百年的陳釀，想必很有興趣吧？」

鍾流水手一抖，瓷杯碰擊地面後破碎叮鈴的響聲清脆悅耳，可見剛才葉鈞的介紹造成他心緒多大的波動。

不會是唬人的吧？四百年的乳鼠酒，他還真沒喝過呢，心都癢起來了……

阿財掀開壺蓋，濃郁酒香立刻透出，鍾流水是酒中的惡鬼、壺裡的醉仙，哪會不識貨？這時候就算要他把外甥入贅給葉家，那也絕對沒問題，更何況是解決個小小卡陰。

「咳。」裝腔作勢清清喉嚨，但眼睛就是死盯著阿財手中的卣具，冷淡冷漠早都被個酒字化為繞指柔了，「好。」

好，沒問題。

一切都在意料之中，葉鈞這幾天做足了功課，派阿財去群青巷附近的人家打聽鍾流水的習慣，又請警局裡的熟人往鬼事組去旁敲側擊，終於得知了鍾流水的兩大弱點。

一是酒、一是外甥。

雙管齊下，旗開得勝。

鬼事顧問、零參。蚩尤齒。

【第肆章】嬌女無端鬧凶，葫蘆大肚能容。

根據葉鈞所說，他女兒每到夜半十一點就會出現奇怪的夢遊現象，夢遊的她力大無窮且六親不認，幾個大漢齊上都阻止不了，更別說屋中骨董被破壞的不計其數了。

所以一等葉晴睡著後，葉鈞會親自用合金鐵鍊將人給困在床上，等子時一過，確定人安穩了才鬆綁。

如今還沒十一點，葉晴已經到二樓自己寢室睡著了，而姜姜因為吃得太飽而頻頻打盹，葉鈞便要阿財領他去客房睡。

張聿修留在鍾流水身邊，他知道父親也來這理處理過同一件案子，卻鎩羽而歸，回去後只說這情況邪門，找不出這家千金到底哪裡不對勁，他因此好奇鍾流水會怎麼處理。

葉鈞一看壁上時鐘，只差一刻鐘就十一點了，正要起身去女兒房裡固定鐵鍊，鍾流水阻止他。

「不讓你女兒好好發作一回，我又如何看出她的問題何在？」

葉鈞雖然有些疑難，畢竟女兒發病時太難壓制了，但他還是照做，存著點看門道的心態；鍾流水又讓他撤下其他人，只留阿財一個，原因是屋內人多陽氣盛，但如果葉晴體內的是惡鬼，惡鬼到了夜半陰氣大盛，反而會主動攻擊帶有陽氣的人事物。

肆．嬌女無端鬧凶，葫蘆大肚能容

噹、噹、噹，壁上古老的老爺鐘連敲十一下，那聲音是由鐘內的小鐵槌敲打銅製的鳴聲器，清脆悅耳，葉鈞這人酷愛老東西，就連牆上掛的鐘都是有五十年歷史的櫻花木外殼彈簧鐘。

葉晴發病的時刻到了。

所有人都到二樓的起居室守候，並且將對面葉晴的房門打開，這樣房內有任何的動靜，都能一目瞭然。

鍾流水安閒自在，他知道夜半十一點就是子時的開始，一天之中陰陽之氣的轉換點，陰氣於此時達到最高峰，幾乎所有的鬼魅作祟都發生在此時，葉晴的異常行為也在這時間點，肯定是被高升的陰氣影響了。

十一點二十分開始有了動靜，一股凶風從葉晴房裡竄出。

這所謂的凶風其實並非狂風或冷風，它甚至不是風，但人在臨遇時卻會感受到一種針砭入骨的殺意，皮膚上寒毛直豎，膽子小的人甚至會直接手腳發抖內心發怵，站也站不住。

「咦？」

鍾流水疑惑了下，這凶風比想像中來得更尖銳，帶著金氣，此金代表著金屬或兵器，銳利而危險，他立刻從懷中掏出兩張黃紙，咬破指尖畫出能辟兵驅病的赤靈符，貼在葉鈞跟阿財心前，保護他們不在當下被鬼氣沖了心脈。

空氣裡桃香充溢，鍾流水的血味居然不似一般人的腥羶，葉鈞皺了皺眉，覺得事有蹊蹺。

符剛貼好，接著聽到乒乒乓乓的砸物之聲，敞開的房門讓他們將房內情況看得一清二楚，書本、鏡子、絨毛玩偶、甚至是蓋在身上的蠶絲被都亂飛亂撞，彷彿虛空之中有雙看不見的手正在亂摔東西。

「這是鬧凶。」鍾流水解釋。

鬧凶通常會發生在陰氣濃重的空間裡，明明四周都沒有人，但屋裡器物卻無風自動，乒乒乓乓嘈雜響，對照起剛才陰冷的凶風，鍾流水都見怪不怪了，卻陷入沉吟。

葉鈞跟阿財已經不是第一次見到這景象，卻還是惴惴不安，正想要跟鍾流水提醒接下來葉晴會有的變化，突然對面房間也傳來摔東西的聲音，就跟剛剛葉晴房間裡的一樣。

「那是客房，姜同學在裡頭……」葉鈞又驚又疑，怎麼鬧凶還會傳染？

鍾流水交代張聿修，「你去看看，若也鬧凶，打姜姜一巴掌就行了。」

鍾先生，姜姜真是你的親外甥、不是路邊垃圾桶撿來的吧？張聿修十六歲的心靈裡有有著庭院深深幾許的疑問。

肆．
嬌女無端鬧凶，葫蘆大肚能容

張聿修走進客房，姜姜正躺著露肚臍睡大覺，還打著呼呢，跟葉晴的房間一樣，文具、水杯全都在跳舞，連桌椅都左右移動，像有無形的手撥弄著它們。

果然也是鬧凶，但張聿修卻皺起眉頭，他從小跟著父親去解這類的陰事，看多了倒也不會害怕，只是納悶，這裡的陰氣比葉晴房裡還濃上幾倍，若說是受了葉晴的影響就算了，但是怎麼可能會有本末倒置的現象。

難道……

張聿修把矛頭指向了睡得正香甜的豬、不、是姜姜。

雖然鍾流水說打一巴掌就能解決，但、天啊，但張聿修天生是謙謙君子，體內有天生的浩氣盎然，怎麼可能朝他的好友甩巴掌?就算好友是天兵也一樣。

沒辦法，只能使用麻煩手段。

迅速在左手掌心寫個雷字，讓這雷符導引出自身的陽氣，右手合上好讓陽氣聚集於掌中，接著他拍掌向作亂的鬧凶物品拍去。

「神兵火急如律令！」

掌中一顆光球射出後爆了開來，類似氣球瞬間炸開的刺耳響聲吵醒了姜姜，而就在他睜眼之際，跳動不停的物品也同時間委頓下來。

姜姜睡眼惺忪說：「……章魚你叫我起床嗎？我剛好想尿尿耶……」

張聿修傻了，幾乎接話不能，最後終於擠出幾句類似去尿尿，廁所在轉角，別迷路了之類的提示語。

揉揉眼睛打打哈欠，姜姜出房門，卻發現舅舅跟葉鈞他們都杵在外頭，轉頭一看，嚇，葉晴悠悠緩緩從房間裡走出來。

雖說是悠悠緩緩，但她每一步路都沉穩踏實，圓柔臉蛋卻緊繃的像是跟誰有深仇大恨，她煞氣滿身，沖血的眼珠子慢慢由右轉到左、又由左轉到右，彷彿在忖度他們這些人會不會對自己造成影響。

凶風一變而為嚴厲的煞風，被這煞氣影響，葉鈞跟阿財自然而然退到鍾流水身後，因為人都有趨吉避凶的本能，而鍾流水身邊卻散發著溫暖舒服的能量，煞氣似乎影響不到他。

葉晴無視所有人，僵硬的找著樓梯下到一樓去，正如同一名夢遊患者無聲無息。

「鬼啊！」姜姜嚇得往後跳一大步，居然沒認出人，剛好踩到後頭張聿修的腳。

「是葉晴……」張聿修忍住腳趾頭被踩的痛，齜著牙解釋。

「小晴？歐買嘎她是鬼喔，我不要姐弟戀了。」

這時候你還只想著跟不跟人家談戀愛嗎？你到底有多缺愛情啊？張聿修這回忍的是想吐血的衝動，鍾流水卻給了個眼色過來，要他護著姜姜，張聿修立刻把姜姜拉到身後。

「小晴不對勁，別太靠近她。」他對姜姜說。

「噢。」姜姜瞭了，也不是第一次看收妖，有他舅舅在，啥鬼都不怕。

鍾流水跟著下樓，葉鈞緊隨，忐忑地小聲詢問女兒是不是真的被鬼上身，鍾流水搖頭不語，他只是好奇葉晴究竟想幹什麼。

鍾流水已經能確定她並非被鬼上身，因為被附身的人連眼睛都不會眨，目光呆滯瞳孔縮小，身上甚至會帶著鬼氣，但葉晴身上沒鬼氣，只有煞氣。

人身上會帶著凶氣或煞氣的可能性很多，排除掉被煞氣重的妖物附身，那麼，本身可能是煞星轉世、或是身上帶著煞物、更或者是煞神的後代等等，原因不一而足，鍾流水腦中迅速轉了很多想法，但一時半會兒還得不出結論，只能靜觀其變。

葉晴走到客廳之後就表情焦躁，先是抓起紫檀木往後扔，差點兒砸到阿財，接著轉了九十度角，拿起桌几上擺著的青花龍紋香爐來擺弄，就見這銅製香爐在她手中像是一堆爛泥似的歪曲變了形，可見她的手勁有多大。

歪爛的香爐再度朝後扔，擦過鍾流水身邊，但鍾流水知道她這動作完全是隨意而行，並非故意攻擊後頭的人。

「如果沒有被綁，她都這樣？」鍾流水回頭問葉鈞。

「沒錯。」

葉鈞苦笑，看著女兒破壞家具。幸好之前發生過同樣的事情，所以他早把屋內高檔的骨董給換下了，目前擺設出來的都還只是些次級品，要不他可心疼死了。

葉晴在客廳逛大街似的搞破壞，沒一個骨董躲過毒手，但她卻依然不滿意，直勾勾的眼睛最後盯上了父親的書房，慢悠悠地又晃了過去。

「別……」

葉鈞想阻止，因為書房裡掛的可都是好東西，之前他在女兒闖入前就已經喊阿財等人攔下她了，所以葉晴發病時，根本沒進去裡頭過。

「她若不是單純的破壞狂，就是找什麼東西……」鍾流水斜睨一眼葉鈞，問：「她到底想找什麼？」

葉鈞愣住，「小晴平時對骨董並沒有興趣。」

說話間葉晴已經站在書房正中央，血紅的眼睛上下左右逡巡著，抓著案頭上的古玉嗅了下，但不甚滿意，手指頭一用力，古玉被她掰豆腐似的掰了個四分五裂。

「啊！」

葉鈞真喊了出來，之前他還對鍾流水說那塊玉是鎮邪用的，卻依然被女兒給毀了，難道女兒身上的鬼是厲鬼，連古玉都鎮不住？

然後葉晴做了個很奇怪的動作，她站在書房正中央，低頭慢慢轉著圈圈，轉的慢速悠然，身上的煞氣逐漸跟著形成一個小小的漩渦，牆上掛著的字畫以及桌上一些報表文件都跟著飛舞起來。

鍾流水突然間變了臉色，「不好，是煞風捲殘雲，退！」

他率先張臂替身後人擋住由葉晴身上散發出的煞氣，那煞氣如刀如刃，鍾流水正面迎敵，身上衣衫哧啦幾聲破了，破口平整無鬚，就像是被極銳利的刀子給劃破，書房裡更是紙屑紛飛，剛剛看到的所有字畫全都嗚呼哀哉。

鍾流水身上金光一閃，煞風範圍立時縮小了些，葉晴微抬頭，表情猙獰，煞風威力又大了一圈，厚重書桌都被掀翻了開，書房內上演龍捲風席捲的可怕現象。

鍾流水結手印，唸定風咒，風中一道用意念實體化咒語的定風符飄搖不定，烈陽火符咒隨之祭起。

「火帝炎炎，普照九環，烈焰隨體，寒氣通潛！」

以烈陽火符咒引火，不需藉助火柴或打火機等等的人工取火器，引的火不沾染凡間俗氣，壓制陰煞的效果比凡火好上太多，定風符燃起後，煞風瞬間消散。

吼叫聲起，響聲撕天裂地，牆壁甚至搖搖欲動，任何人都無法想像，葉晴那樣一個小小嬌弱的身體如何發出那樣的尖銳嘯鳴，就像從她口中發出一波又一波的黑色浪花，每一波水浪都像是一道鯊魚的鋸齒，一遍遍刺穿在場所有人的皮膚。

這是聲煞。

聲煞的範圍認定有小有大，小至兒童的喊叫、鐘聲持續的滴答、刺耳的音樂，大至瀑布、工程的打樁、震耳欲聾的吵雜聲，都屬於聲煞，有些聲煞卻更為可怕，摀住耳朵也不能阻其害，受害者重則臟腑變形破裂，輕者甚至會因此癲狂，葉晴發出的就屬這一種，而葉鈞跟阿財多虧事先貼上了赤靈符，保護住了心脈，卻也還是被震得頭暈目眩兩腿發軟，乏力倒地了去。

張聿修知道幾種化解的方法，但考慮到後頭還躲著個天兵，於是抽出銅錢劍豎直舉起，成為中流砥柱，將音波導往兩旁，減輕傷害。

可能是因為有張聿修這麼一道護身牆，姜姜居然完全沒受到一絲震盪，只摀著耳朵看熱鬧。

鍾流水事前沒預估到葉晴還有這一招，他以自身擋住了第一波，只覺耳裡嗚嗚作響，極讓人不舒服，當務之急得先解決了葉晴，但這聲煞狂潮威力極大，難以突破近身，鍾流水立刻解下腰間掛的小酒葫蘆，拉開瓶口，喝聲疾！

黑色的聲波陡然間頓止，接著緩緩化成黑霧，扭成漩渦的形狀沒入小小的葫蘆口，那葫蘆不停的震動，就好像裡頭藏著個生靈，而之後無論葉晴怎麼張嘴，都再也無法發出成聲，急得她張牙舞爪要來搶這葫蘆，

鍾流水封好葫蘆口，見葉晴過來，微微一笑，笑得悠然，彷彿一位郊道踏青的文士，恬淡怡然，但是，這樣的他卻在下一秒鍾毫不客氣往猙獰的臉蛋上甩上重重的一巴掌，直把一位十七歲的少女往後甩了兩三圈後撞上牆壁，接著昏迷倒地。

「小晴！」父女天性，葉鈞忙起身去看自己女兒，回頭倒是指責，「鍾先生你下手太重了！」

聳聳肩，鍾流水卻是朝張聿修發話，「都說了一巴掌就好，用雷符解決鬧凶太浪費了。」

張聿修都囧了。

葉鈞還在檢查女兒有沒有撞到頭，還很生氣地問，「鍾先生，我女兒到底怎麼回事？若說沒有鬼上她身，又怎麼會如此失常！？」

「若是被鬼上身，眼睛不會眨，臉上不會有表情，也不可能對我們這幾個陽氣熾烈的人視若無睹；相反的，我認為剛才的她有自己的意識，能自由行動，煞氣的強烈程度遠非普通鬼物所能發出。」

「我女兒從沒學過法術，可是剛剛那些……」葉鈞還是有疑問。

「那是她自身發出的煞氣，但程度也僅只於此，不會再強了。她是煞神後裔吧？」

「煞神後裔？你在開玩笑。」葉鈞聽出鍾流水暗指自己祖上有凶煞，更不高興了。

鍾流水在原地轉了幾圈之後，伸手，「拿你家族譜出來查查。」

葉鈞忿忿從亂成一團的書房裡找出一本舊式族譜，「我葉氏堂號南陽，祖先可追溯至顓頊帝後代，什麼煞神的別開玩笑了。」

他現在可是又後悔又氣，氣鍾流水對自己女兒下手太重，又後悔順著鍾流水心思，任女兒將自己書房搞得一團亂，這書房裡頭都是些珍貴的文件紀錄，就連剛剛捏碎的那塊古玉，拿去外頭喊價也都值個幾十萬美金，結果現在什麼都沒了。

鍾流水才不管葉鈞有多生氣呢，他本來就是我行我素的人，翻著葉家族譜逐步細看，沒發現異樣，十幾分鐘後他終於看到最後一條，眼睛大睜。

「你……夫人姓闞？」他問葉鈞。

「沒錯，這姓很少見，我跟她是唸大學時候相識的，但她天生體弱多病，生了小晴後就……」

「追根溯源闞這個姓，有一說是出自蚩尤。那些圍繞蚩尤塚而居，並且世代祭祀的人都為闞姓，他們就是蚩尤之後。」

葉鈞突然間啊一聲叫出來，顯然想到了什麼。

鍾流水又說：「凡人偶有隔代返祖，仙人後代會遺傳到仙根，這讓他們在修仙學道方面有很大的助益；夏桀、秦王政等人之後，總有幾人承繼煞骨，只待天時地利人和，便能於世間興風作浪。」

「我女兒溫柔善良，不會做壞事。」

「天性是承天命，靠理智禮教都扭轉不得，不過嘛……」看了看昏迷不醒的葉晴，鍾流水意有所指地說：「這房裡有東西跟她的煞氣產生共鳴，激發她沉睡的煞性，把那東西找出來毀了，可以讓她安寧一陣子。」

葉鈞這時突然欲言又止，張聿修卻小心翼翼地插了話。

「鍾先生，我開了天眼，卻沒發現任何可疑物品……」

這點就連鍾流水也存疑，的確沒任何能起人疑竇的東西在書房。前幾天他被阿財請來時就已經探勘過了，結論跟張聿修一樣。

但、葉晴卻又實實在在表現出她被某樣東西給吸引……

他再度看向葉鈞，也不追問了，哼，你瞞天瞞地也瞞不了我，愈是想隱藏，我愈是要把真相揪出來。

劍指覆上臉龐淡粉色胎記之處，鍾流水輕喝：「見諸魅聽令：窮我目、開凶眼！」

「是、主人。」

葉鈞跟阿財還訝異這憑空出現的嬌媚女聲那兒來的，結果鍾流水臉上就起了變化，先是他那道胎記逐漸淡化，像是被皮膚給吸收進去，烏黑的瞳眸處這時渲染出血水，擴散整個眼白，一雙

肆．
嬌女無端鬧凶，葫蘆大肚能容

眼霎時間血紅凌厲，就跟葉晴一樣。

這是凶眼，普通人自然不知這奧妙，張聿修卻懂，他聽父親說過，陰陽眼能視虛體的鬼魅陰靈，凶眼能辨實體的凶神惡煞；陰陽眼或者天生擁有，或者後天修成，凶眼卻唯有極大機緣方能得之，看來鍾先生不知怎麼作踐蝙蝠的練成了。

「老、老闆……」阿財快嚇哭了，忘了自己才是保鑣，抖抖抖的躲在葉鈞後面。

葉鈞心下更是凜然，若說之前他對陰陽鬼神之說還都帶著輕視之意，但經過剛才那一番事，就已經讓他視野不同了，如今更見鍾流水轉瞬間化成跟女兒同樣的狀態，知道這人是真有本事，或者那件事可以託付給他……

各人有各人心思，鍾流水卻只專心開凶目，一寸一寸逡巡這書房，牆上、書架、書桌、保險箱、沒一處放過，他知道線索一定極細微、極難發現、甚至被偽裝著、保護著，要不遇子時便化煞的葉晴一進來就能發現了。

沒有、什麼都沒有發現，但透過凶目他卻還是能感覺，書房內有淡淡的青氣，怎麼來的？

他看著腳下的花崗岩地磚，凶目怒睜，彎身掌按地板，同時間大喝一聲，地板竟被震碎，露出底下的儲藏空間。

葉鈞驚愕，鍾流水這一手是中國功夫還是法術？花崗岩地磚硬度夠又耐用，如今卻碎如齏粉，他後悔了，這地下的暗格經過特殊設計，按下機括就能輕鬆揭開那塊花崗岩，如今要重修又是件麻煩事。

「你要親自拿出來，還是我……」這麼說著話的鍾流水妖冶盎然，既是煞、是妖、又是仙。

葉鈞也不再隱匿，主動過去撈出裡頭放著的一個小木盒，放在書桌上掀開盒蓋，這麼仔細藏匿的東西卻非璀燦奪目的珠寶或具歷史價值的珍貴古物，卻只是一塊黃色矮玉琮。

玉琮，一種內有圓孔的方形玉柱，古代禮器。最早的玉琮出土於五千一百年前的史前時代，玉的硬度遠高於石，在還沒有金屬工具的當時，製作一件精美的玉琮耗時耗力，也只有氏族部落的顯貴或是掌握溝通天地法門的巫師方能擁有。

葉鈞藏著一個玉琮是做什麼？

鍾流水盯著玉琮，轉化過的凶目可以明確看出，這玉琮質地細緻，有土沁的痕跡，看來是由土中被挖出來的，上方中央的圓洞處有一團直徑不到一公分的氤氳青氣，而那就是引發葉晴作怪的煞氣。

葉鈞解釋了，「我透過關係獲得這東西，經過多方鑑定，確認這東西與一座傳說中的古墓有關，那是座還沒被任何盜墓集團或考古學家發現過的古墓，在確定找到之前，我不能走漏消息。」

他會這麼說，是因為中國厚葬習俗由來以久，也促使歷代盜墓者覬覦墓主的隨葬財產，歷史文獻中屢屢都可看到各朝代的盜墓行為，大量的古墓在正式的考古活動之前早都被開挖了，所以，一座幾乎未被探勘過的古墓實在是奇葩中的奇葩，大概是墓主人品太好了，才會幾千年都未被打擾。

鍾流水是資深妖孽，自然知道葉鈞所指何意，以及這件玉琮所代表的古墓年代，他問：

「……躲過了歷代盜墓者的賊手，那麼這玉琮怎麼來的？」

「古墓外圍有墓主世代子孫在暗中守陵，但其中有人耐不住山區生活，偷了墓中寶物出來變賣，東西就到了我手。」

「原來是暗守者監守自盜。」鍾流水點頭，而暗守者就是暗中守護陵墓的人。

葉鈞又舉著那玉琮檢視，表情有些興奮，「玉琮上有的刻戴冠巫師騎怪獸，有些刻獸面紋或雲雷文，但這玉琮外頭刻著的形象很不同於一般，居然是位無頭戰神。說到無頭戰神，你會想到誰？」

「蚩尤、或者刑天。」想也不想鍾流水就說。

沒錯，史載最有名的戰神就是這兩位。蚩尤為兵神，刑天為炎帝臣子，兩人共同點是同為炎帝宗族，曾與黃帝為敵，並先後遭黃帝斬首。

「玉琮上的戰神手拿數種武器，我最先想到的是：古說蚩尤鑄金為利器，是兵器的發明者。《山海經》又記載：『刑天與帝爭神，帝斷其首，葬之常羊之山，乃以乳為目，以臍為口，操干戚以舞。』，刑天與黃帝對戰時被砍了頭顱，頭顱滾入了常羊山中。」

「沒錯。」

「……人沒了頭顱，怎麼可能還活著？《山海經》誇大其辭了。總而言之，我認為這墓就存在於常羊山中，炎帝後人為他的頭顱砌了塚，裡頭既有如此高價質的玉琮，應該會有更多具歷史意義的寶物。」

鍾流水眼中血紅依舊，「……你就這麼確定刑天沒了頭顱不能活？」

葉鈞本想說是的，但看了鍾流水的表情，竟然覺得無法肯定了。

鍾流水說：「刑天為炎帝忠臣，屬神人一族，就算沒了頭，也還能效忠炎帝，替橫死的蚩尤討公道。葉先生，面對上古神人，不能以凡人的標準待之。」

葉鈞覺得鍾流水似乎並不苟同自己的觀點，於是轉了話題說：「這件玉琮還有個最稀奇古怪的地方，請看。」

他讓鍾流水看看玉琮中央的圓洞，本該打通的洞孔裡頭，居然有東西在裡頭。

「是什麼？」鍾流水倒真的好奇了。

「大概是……蟲繭。」

鬼事顧問、零參。蚩尤齒。

【第伍章】戟氣破天熊熊，

蚩尤齒撼荒洪。

作為上古時代最重要的禮器，玉琮的形狀正好呼應古人天圓地方的說法，巫師以柱子穿過中間的圓孔，就代表他是溝通天與地的使者，必須敬畏，但此刻鍾流水卻發現，玉琮中央處有個小小的東西盤據。

葉鈞說那可能是蟲繭。

古墓裡有墓蟲把玉琮中央的洞當成避風處結繭後脫蛹也不是什麼怪事，但鍾流水瞇眼過去的結果，覺得那蟲繭大不尋常。

「本來還想把蟲繭給弄出，沒想到……」葉鈞說到這裡臉色都變了，「有困難。」

「有困難？」

葉鈞給阿財使了個眼色，阿財到外頭去拿了根小木棍往圓洞裡輕戳了戳，就聽嘶嘶聲響，是燒紅赤鐵插入水裡時必有的音效，同時間一片蒸氣從孔洞中冒了出來，阿財抽出木棍，棍頭處竟被凍結。

「噫？」鍾流水也訝異了。

「各種材質的棍子來試都一樣，那東西碰不得。」葉鈞說。

第一次看到那東西時，他還差一點用手指進去戳，卻介意上頭可能帶著毒或不知名的細菌才

伍・

戟氣破天熊熊，蚩尤齒撼荒洪

作罷，如今回想起來真的好險。

「劍。」鍾流水朝後伸手，「來。」

站在門邊看熱鬧的張聿修愣了好幾秒鐘，才意會到鍾流水要跟自己借銅錢劍，心目中的大神都開口了，焉有不雙手奉上的道理？

銅錢劍，由一百零八枚古銅錢串以紅線而成，這銅錢因為經過萬人之手，所以聚集陽氣，銅又為金屬能破邪，從以前就是道士法師驅邪除妖的重要法器。如今鍾流水舉劍印眉心，冷光流閃，接著刺入玉琮孔中，卻聽金鐵交鳴劈里啪啦，一股反托之力竟把銅錢劍給彈了出去，紅繩斷開，其中一枚銅錢劃過鍾流水的臉，其它則灑了一桌子。

鍾流水摸摸自己的臉，頰處多了一道帶血的口子，很好，他生氣了，這銅錢劍灌入了不少鍾流水自身的靈氣，理應無堅不摧，卻沒想到踢到鐵板！

「敲碎玉琮挖出蟲繭，我就要看看哪種蟲子結的繭如此頑冥！」

葉鈞聞言，立刻搶回那玉琮，「不可以，這是尋找古代戰神墓的線索！」

玉琮被抱開的同時，一縷銀光於空氣中閃現，鍾流水注意到了，「等等！」

從玉琮孔洞之中拉出一條似蠶絲粗細的銀線，黏接著一枚銅錢，若不是鍾流水凶眼未退，怕也注意不到這裡，而他一看見這絲線，腦中某個意念閃過。

原來啊……

忍不住仰天笑起來，笑得眼淚都流出來了，除了還昏迷不醒的葉晴以外，其他人都嚇得小心肝亂跳。

這人幾秒鐘之前還氣的要砸人珍藏，如今卻像找到了寶，不會失心瘋了吧？

這裡頭只有姜姜最瞭解他舅舅了，從張聿修身後伸出頭來叫：「舅舅你別賣關子了，有話快說。」

鍾流水笑完後抹抹眼角的淚，他眼中血紅已褪，又是一雙水水桃花眼滿含戲謔，太陽穴旁胎記重現，此時那難看的胎記反倒讓他終於像個人，而非鬼物。

桃花眼一一瞅過書房裡所有人，最後停留在張聿修跟姜姜身上。

「你們兩個現在誰想尿尿？」

張聿修、葉鈞跟阿財差點就倒了，鍾先生你法力這麼高強一個人，思維別一下就從地球跳到北斗七星去啊。

「有、舅舅，我快憋不住了。」姜姜倒是舉手舉得快，他被張聿修叫醒後就想尿尿了，卻拖到了現在。

「喏、尿到那裡頭去。」鍾流水指了指玉琮。

葉鈞把玉琮抱得更緊了，終於有了引鬼入室的自覺，這位鍾先生肯定是記恨臉上掛彩，把怒氣都發洩在這寶物之上，千方萬想就是要作踐這國寶。

他的想法明明白白掛在臉上，鍾流水眼一翻，問：「葉先生，你以為我是那麼小心眼又愛記恨的人嗎？」

是的，地球上所有人都這麼認為。

「那是歐絲，產自人面蠶，能封印煞氣、妖氣、乃至於鬼氣，更能保護被封印的物品……」

「鍾先生是說，那是絲，而絲裡頭還有東西？」

「沒錯，會用歐絲包裹的東西必是神物，價值肯定比你手裡的玉琮高出更多倍……」

姜姜微微發抖摀著胯下攔截話頭，「舅舅，快忍不住了……」

「現在就尿。」鍾流水一揚手。

「好多人看著我，尿不出來。」

「去客廳找個杯子解決，再把尿尿拿進來。」

「喔。」

姜姜立刻跑出去，很快回來，表情滿足啊，因為解決了人的三急之一嘛，但葉鈞看見他手中拿的杯子後，心底卻痛了一下，那是他好不容易找到的名家琺瑯瓷對杯之一，純作觀賞用，放在客廳的格木架上，這小子居然拿來……

可惜鍾流水對他的痛是視若無睹，冷冷問：「葉先生，你要抱著玉琮到何時？」

葉鈞內心天人交戰了一下，的確，他很想知道玉琮裡頭的那東西到底是什麼，鍾先生說是比玉琮價值更高的寶物，這的確引發了他一個古物商人的好奇心，而這物品更是出自傳說中的戰神之墓……

以壯士斷腕的決心將玉琮擱地上，示意鍾流水該幹什麼幹什麼去吧。

趁姜姜很快樂的往玉琮中央孔洞倒入尿尿時，鍾流水娓娓解釋。

「古籍上說：『黃帝斬蚩尤，蠶神獻絲。』蠶神就是人面蠶，獻上的絲產自歐絲之野，劍砍不斷，火燒不滅，要溶解這絲，除了成蟲欲破繭時吐出的分泌物，另外就是童子尿。」

張聿修這下終於明瞭為什麼鍾流水問自己跟姜姜想不想尿尿了，因為這裡能擠出童子尿的人只有他們兩個。所謂的童子尿啊，必須是還沒結婚、沒有性經驗的年輕男子，如此陽氣才精純，

伍・戟氣破天熊熊，蚩尤齒撼荒洪

葉鈞跟阿財早已達不上這條件。

鍾流水嘿嘿一笑，「方家稱童子尿為還元湯，因為童子為純陽之體，保留真元之氣，但是能溶歐絲的祕密卻被古代幾位方術家給琢磨了出來……很不巧，我剛好認識他們……」

大家都當他是說笑呢，既然是古代方術家，年記看來不過二十好幾的鍾流水若說認識，也只屬於神交吧。

說話之間，突然鏗的一聲悶響傳自玉琮底部，那是金屬撞擊地面的聲音，聽來歐絲包裹著的，竟是金屬物品。

姜姜正要移開玉琮，鍾流水忙說：「等等。」

裹以歐絲、又藏在與戰神有關的明器裡頭，更別說玉琮透露的凶煞之氣連闞姓後代子孫都失了心魂，鍾流水雖因為一時氣憤而溶了歐絲，但此刻謎底即將揭曉，他卻猶豫了。

「……你們說說，黃帝斬了蚩尤之後，蠶神為何要獻絲？」

葉鈞對此做過研究，立刻回答：「據說蠶神原本也是蚩尤一族，蚩尤敗後，蠶神獻絲求和……」

「黃帝拿了蠶神的絲做什麼？」

「這……」鬼才會知道是為什麼呢。

很不巧，鍾流水就是那個鬼。

「蚩尤為天地之間第一凶神，斬首之後怨氣猶存，黃帝因而飭令蠶神以歐絲裹住蚩尤的凶骨……可惜的是，凶骨最後卻不知所蹤，據說被偷走了……」

葉鈞聽懂了，說：「鍾先生杞人憂天了，我認為該物既然被神奇的絲線藏裹在玉琮之中，裡頭一定有足以辨識墓主身分的重要線索。」

「你想看？」

想得很，葉鈞正要彎腰拿起那玉琮，見姜姜還蹲在一旁，手拿尿杯雙眼無辜的看著他呢，呃……

「阿財，你把東西拿起來。」葉鈞這麼一位穩重端莊的中年紳士，自然不想碰到尿液。

阿財最可憐了，老闆交代不敢不從，只好小心翼翼抓準那看來乾燥的邊角提起來，又聽喀一聲，裡頭的金屬小物再度輕擊地面。

小物一見天日，眾人頭頂憑空響起一聲悶雷，巨響炸得人雙耳都生疼，空氣化為有形的重錘震盪出去，如同海潮爆發，所有人都摀耳彎腰，頭上的燈具甚至因此而爆開，整棟別墅陷入了黑

伍．
戟氣破天熊熊，蚩尤齒撼荒洪

暗，而門外卻又傳來爆竹劈啪聲。

幾秒鐘後緊急照明燈亮起，訓練有素的員工們衝進屋內喊：「外頭石獅子突然爆開，情況不對勁，老闆要不要先避避？」

「沒事……」說沒事的葉鈞其實又驚又疑，轉而問：「鍾先生，怎麼回事？」

鍾流水竟有些出神，失了一向的從容，喃喃說：「戟氣破天，天地戕賊……」

戟氣，就是金氣，戟氣破天是一種徵兆，當世上某種封印或隱藏以久的至煞武器驀然現身世間，就會發出戟氣，觸天後石破天驚，等於是昭告天地，殺戮武器出世了。

就連守門的石獅都因此受到震盪，可見這東西的戟氣有多重。

能震撼天地的，到底是什麼樣的東西？

那東西的外形前圓後尖，長約兩寸，像是野獸的尖牙，金屬的冷光流彩若水，戟氣銳利到似乎只要碰觸，便會被傷得體無完膚，而這形狀、這質地、以歐絲包裹封印……

不知所蹤的凶骨——

蚩尤齒！

據傳蚩尤銅頭鐵額，能製五兵之器，能變化雲霧，被黃帝以軒轅劍斬首之後，餘留下一顆長約二寸的牙齒，銅齒堅不可碎，黃帝只能以歐絲封印住凶器，後來卻輾轉不知下落。卻原來藏在這玉琮裡，而玉琮又被葬入了一個久遠的墓裡，其煞氣喚醒了後代子孫葉晴，惹出這樣的事端。

鍾流水陷入了沉思中。

一雙手伸過來抓取蚩尤齒，鍾流水變臉喝止：「不能拿！」

要阻止已經來不及了，手的主人一碰上蚩尤齒之後，立刻仰天發出嚎叫，叫聲淒厲驚人，居然是一直躺在牆壁邊的葉晴，她不知何時已經醒了，眼睛血紅煞厲，比之前夢遊的型態更加厲烈。

蚩尤齒也產生了奇怪的變化，居然在葉晴掌中融化了，化成為一團鐵汁後開始包覆起她纖細白嫩的手，化形成金屬護手甲，手指部位卻拉成一短劍，隨手一揮，黯淡燈光下紅色的氣流籠罩。

那金屬是活的，散溢出的戟氣彷彿連空氣都能割裂。

「所有人退出去！」

鍾流水呼喝，同時間清香生成，他手中已握緊一把桃花傘，傘面紅豔婀娜，碰觸到紅色氣流時卻燒灼起來，沿著傘面延燒到綠色傘柄，鍾流水立刻脫手，幾秒鐘內花傘成為灰燼。

葉鈞的員工立刻退出書房，葉鈞卻因為看見女兒又生異狀，遲疑了一下沒出去，阿財忠心護主，主人沒走他也不退，倒是張聿修冷靜，硬推著他們出書房，順帶一個姜姜。

「你們出去，我幫鍾先生！」他說。

被外界號稱新一代年輕才俊小法師的張聿修向來以衛道除魔為己任，看出來葉晴被蚩尤齒給控制了心志，成了個可怕的怪物，立刻來幫手，卻見葉晴動作遲滯像是殭屍，他也不知是怎麼回事。

「她身體未經過修煉，絕對負荷不了蚩尤齒的戟氣，肉身遲早爆裂，你分散她注意力，我要定住她！」鍾流水對張聿修交代。

「是。」

張聿修以最快速度撿起七枚散落在地上的銅錢，又將銅錢直插入地，剛好圍繞葉晴一圈，這是他們玄奇門的七星鎮煞圈，專門對付有實體的煞神，七枚銅錢分別與天上北斗七星相對應，堵住煞神發出的生氣流向，生氣一被釘住，起碼會延遲該煞神幾秒鐘，而在這緊急時刻裡，幾秒鐘就是勝敗關鍵。

「好！」

鍾流水頗為讚許，他藍袖輕震，火蛇迅速由掌中纏繞上他的手臂，但這豔紅火蛇降下火溫後，竟是一條青綠色的繩索。

這是葦索，以蘆葦製成，擒凶縛魅最是利索，一抖後直攖葉晴身軀，被七星鎮煞圈制得動彈不得的葉晴立刻被開葦索給纏住，但是等幾秒鐘的僵滯期一過，她獰叫一聲，七枚銅錢爆裂開來，七星鎮煞圈破，她身上發出的衝力甚至波擊到地面，腳下塌陷了好幾公分。

她手中短劍立時又改變了形狀，竟成了附帶一圈火焰狀刀刃的陰陽刺輪，一勾就將纏身的葦索給截斷。

「鍾先生，這……」張聿修都呆了，他還沒看過會這樣變化的兵器。

鍾流水沉聲說：「蚩尤製五兵，後世稱他為兵主，並非指他發明了五種兵器，而是他的武器能隨心如意變化……小心了！」

陰陽刺輪逼來，鍾流水的桃木劍萬鬼敵已在手中，木鐵交擊星芒閃現，這木劍居然擋下了陰陽刺輪上頭那扁薄的火焰利刃，劍刃一翻，貼著陰陽刺輪後再進、直取葉晴眉心。

「不行！」書房外緊張觀戰的葉鈞陡然大叫，那是他女兒啊！

葉晴身上戟氣倏強幾分，陰陽刺輪陡然回收掌中，接著伸長成為蛇形來捲劍，正如同蛇類纏繞獵物壓縮心臟，把劍給狠力下壓。

鍾流水居然抽不出桃木劍，急忙吩咐：「七星鎮煞圈！」

張聿修早已經又撿了七枚銅錢在手，布第一枚時，葉晴卻有防範，一方面壓制桃木劍，一腳又伸出踢碎銅錢，每一踏，花崗岩地磚就被狠狠印出一個腳印，第二枚如法泡製，鍾流水知道這樣下去，鎮煞圈不可能布置成功，立刻從髮中抽出一根桃枝，狠狠刺入她的惠頂脈。

惠頂脈是人體七脈中陽氣的起始點處，在此處施針會減弱陽氣的循環，葉晴遭刺之後，眼中精光大盛，鍾流水的那一針對她竟然沒有效果，她一聲徹耳怪叫，桃枝彈飛了出去，桃木劍再被壓下了幾分，鍾流水甚至得兩手握劍才不至於脫手。

「跟我槓上了是不是？好、陪妳玩！」鍾流水這會兒也是鬼臉猙獰了。

他的柔軟髮絲竟像是有了生命力，其中幾撮迅速增長，粗細就是平常他最愛拿來戳人的桃枝，延伸成活生生的觸手，避過陽氣起始點的惠頂脈及足陽脈，往她七脈中的其餘五脈刺入，要將戟氣從葉晴的惠頂及足陽兩脈逼出去。

「鍾先生，那會讓她丟魂的！」

張聿修見他施用這一手，立刻提醒，因為七脈一下中了五針，普通人很可能禁受不住，一不小心甚至會逼出這人魂魄，對葉晴不是件好事。

「我用的是桃枝，不阻斷陰陽循環，她頂多昏迷一陣子。」

雖說不阻斷陰陽危及生命，但五脈同時中針，除了會給肉體帶來極大的痛楚之外，魂魄受震盪的程度也是非同小可，就見葉晴裂眥切齒大叫大嚷，但鍾流水不為所動，只專心不讓髮針脫離五脈。

很快的葉晴眼白一翻休克了，這是因為人體有自我保護功能，讓身體昏厥，才能度過這排山倒海般的疼痛。

暈了之後，手中的金屬蛇逐漸縮回，包裹著嫩白手掌的金屬護手退回掌中，又變回原先那一顆牙，鍾流水掏出一張符紙後將之捲裹收起，嘆了口氣。

「凶骨蚩尤齒現世破天，怕天庭很快會派人來查，我該怎麼解釋好……」

張聿修聽到他說到天庭兩字，心裡一動，鍾先生該不會是仙人吧？

葉鈞見女兒昏迷，顧不得情況未明，立刻奔進來慌張的問：「小晴她沒問題了？怎麼喊不醒她啊？」

伍・
戟氣破天熊熊，蚩尤齒撼荒洪

「沒問題。」鍾流水招手喚姜姜進來，拿走他還捧著的杯子，順手把蚩尤牙放他手裡。

「姜姜走開，葉先生你也讓讓。」正經地說。

葉鈞一腔希望就寄望他身上了，放下女兒後退開，潑啦一聲，杯裡液體灑得葉晴一頭一臉，旁邊葉鈞甚至沾上了幾滴，臉上表情那是精采，因為在場誰都記得那琺瑯瓷杯裡裝著什麼。

一旁張聿修當下撇開鍾先生可能是天上謫仙的想法，仙人不可能幹出此種缺德事。

葉晴悠悠轉醒，眼神不再紅如血，卻還有些昏沉，發現自己躺在父親那已經算是慘不忍睹的書房地板上，所有人盯著她。

「我怎麼……在這裡？身上濕了……這什麼水？」說著還皺了皺鼻頭，這味道不好聞啊。

「是我的……」姜姜正要邀功，嘴被張聿修摀住了，這祕密就守住吧。

阿財機靈的拿了條毛毯給小姐蓋上，才扶起她……奇怪的水？小姐，這是鍾先生的特製符水……有尿騷味？就說是特製的……成分？小姐妳不會有興趣的……

葉鈞看著萎靡的女兒離開，感覺像是做了一場夢一樣，這書房，這玉琮、這蚩尤齒，但……很不踏實啊。

「鍾先生，這……」

「你女兒的事情解決了，處理費用就隨喜吧。姜姜章魚我們可以走了。」鍾流水收回桃木劍，拍拍屁股要走人。

葉鈞還要問什麼，突然屋外傳來幽幽怨怨的鈴聲，短促淒然，像有針不停不停往耳膜裡穿刺，伴隨嗷喔嗷喔的狗叫聲，恐怖怪異至極。

「狗吹螺了啊，鍾先生……」

阿財嚇得要喊阿彌陀佛了，因為他聽鄉下家裡人說過，狗遇見鬼魂時，必定會發出此種宛如地獄敲響的喪鐘之音，哀怨哭訴，既似恫嚇、又如伸昭冤枉，是為鬼而吹的行進曲。

鍾流水同樣臉色大變，幾天前他才聽過同樣的聲音，是魮傀！

魮傀來這附近做什麼？

原本該待在外頭警衛室的警衛白著臉衝進來，面容扭曲的宛如見到鬼，而他的確也就是見到鬼一般的怪物，上氣不接下氣的報告。

「老、老闆……幾十隻奇怪的動物……包圍這裡……」

「報警。」葉鈞說。

砰鏘一聲窗玻璃碎裂，這別墅裡配備的窗戶玻璃全都是強化的，居然破碎的徹底，難道有人

伍・
戟氣破天熊熊，蚩尤齒撼荒洪

開了槍？但一道破窗而入的黑影解答了疑問，同時間屋內所有人都倒吸一口氣。

那是什麼樣的怪物啊？

體形與姿勢像是一頭狼，身體漆黑卻乾焦無毛，血紅的條紋遍布身上，嘴角邊掛著的黏綠液體看著噁心無比，血紅的眼眸充斥滿滿的殺氣。

「老闆，這就是外頭那些怪物！」警衛立即向葉鈞報告。

葉鈞本以為外頭只會是些流浪狗，卻沒想到這狗如此恐怖，忙指揮著下屬驅趕，幾個人雖然剛被嚇著了，但人多就有膽，立刻將骴傀給圍住，只不過骴傀太過恐怖，也沒人敢徒手去碰觸，只好噓聲恫嚇，想逼它知難而退。

「骴傀為什麼來這裡？」鍾流水突然問。

沒人知道。

就見骴傀雙眼左右游移，最後定睛於姜姜手上那一團符紙，鍾流水終於瞭然。

「……我一直奇怪骴傀這怪物為什麼來到田淵市，現在答案出來了。」鍾流水丟以責難的眼神，「它們守護的寶物就是蚩尤齒。」

骴傀追蹤著玉琮與蚩尤齒隱留的煞氣而來，但玉琮送入葉宅後，守門的石獅卻發揮了守護的作用，將煞氣全都阻隔在屋內，這煞氣無法發散，在屋裡愈積愈多，最後引得葉晴體內的蚩尤後裔基因甦醒。

萬萬沒想到的是，鍾流水靠著童子尿溶解掉歐絲，卻讓蚩尤齒的戟氣激爆而出，相等於在黑暗的天空中放出絢爛的煙火，給骿傀再醒眼不過的目標，立刻過來了。

「把蚩尤齒還給它們，保你平安。」鍾流水又說。

這麼提議雖然有些不負責任，但起碼把燙手山芋交出去了，天庭就算責難，他也沒多少責任好負。要知道，光是姜姜就夠他與天庭周旋良久了，能不跟上頭打交道就不打交道最好。

葉鈞卻不可能把蚩尤齒及玉琮交出去，天知道這兩樣東西將會引起文物界多少震撼，而若能循線追到那個古墓裡，所能起出的古物每樣都會是無價之寶。

外頭噭嗚大響，鍾流水臉色也難看了，「聽聲音不只一隻，其他的還在外頭。這隻留給你應付，我去外頭看看。」

他交代完後就飄然出屋，所有人眼光一致性投向新一代年輕才俊小法師張聿修。

「哇哈哈舅舅果然知道我很厲害，章魚章魚用不著你出手。」姜姜叉腰仰天得意。

屋裡所有人心裡都在說：鍾先生指的那個「你」不是你好不好！

伍・
戟氣破天熊熊，蚩尤齒撼荒洪

張聿修把天兵給拉到一旁，劍指於左手掌心連寫五個雷字，瞬間於手中聚集陽氣，口唸咒令驅動雷厲光。

雷光凝聚成小球，於他掌中滋滋滋作響，白光照亮張聿修凝重莊嚴的臉，因為施這雷法時，絕不可起邪佞心思，雷光方能疾若風火威力驚人，而這就是雷厲光，是玄奇門的家傳術法。

砰一聲響雷球拋出，骴傀落地翻滾，竟然就從光球旁繞了過去，看準了姜姜的位置撲過去。

「讓你瞧瞧我威霸傲天下的厲害！」

姜姜磨拳擦掌，不躲反迎，哈哈，這骴傀不簡單，居然知道這裡最厲害的就是他了，而威霸傲天下就是他在網遊裡給自己取的 ID。

張聿修心中閃過「啊、天兵又天兵了」的無奈想法，繼續打出雷厲光。剛才他輕敵了一下，認為這骴傀的智能就跟普通動物差不多，卻沒想到對方居然靠著細微的動作避開了攻擊，看來必須智取。

先打出一個虛砲，讓骴傀避往他設定的路徑，還沒落地，一道實質的雷厲光又至，半空中的骴傀連躲都無法躲，就這樣被命中。

客廳裡腐肉綠液四散飛濺，紫檀木家具上斑斑點點，青花瓷上藍綠輝映，屍味盎然飄盪，再不復原來中式典雅的高規格風範。

「打倒BOSS啦。」姜姜說著說著就開始挖口袋，挖完自己口袋又改挖張聿修口袋。

「找什麼？」張聿修問。

「回城卷軸。」姜姜說：「我想回去睡覺。」

張聿修倒了。

在場所有人也倒了。

突然間張聿修大叫：「不可以、姜姜、那東西……」

姜姜一愣，手中的符紙正揭到一半，他迷迷糊糊中把這紙當成了回城還是傳送卷軸了。

符紙裡的正是蚩尤齒。

鬼事顧問、零參。蚩尤齒。

【第陸章】夜盜骴傀綜橫，無頭騎士逞凶。

別墅之外陰森森，即便已過子時，四周飛旋的冷氣依舊刺得人骨瘦膚寒，四周圍繞一圈骴傀，一雙雙的血紅獸眼齷齪顫慄，偶有徹耳怪叫震動天雲。

這一條路上的戶與戶之間均有庭院相隔，加上富貴人家相當重視隱私權，就算聽到奇怪聲響，也不會有人出來查看，更兼夜黑風高，根本沒多少人注意到葉家已經被一群狼形怪物給包圍住了。

飄飄藍衫的鍾流水穿過那被爆的不成樣的一對石獅間，鏤花鐵門內，骴傀的眼神若是那聚光燈，鍾流水肯定便是那光中搖曳生姿的明星，一舉一動都受到注目、不、是監視。

鍾流水對如此的關愛可是自在領受，銅鈴叮叮噹噹，他知道搖鈴人肯定就在不遠處，而能役使骴傀的絕非普通術師，就不知對方是方是圓是長是扁。

突然有人從路端跌跌撞撞跑來，一面跑一面左顧右望，一發現到骴傀就往這裡來，卻在鍾流水面前停了下來。

那人怒氣洶洶，「哇操田淵市到底有多小，走到哪兒都會碰上你這死神棍！」

「又來跟我搶骴傀的眼珠子了。」鍾流水恍然大悟。

「你哪隻耳朵聽到我說要吃眼珠子了？我不吃、左眼也不吃，右眼也不吃！」

「好、好、我吃虧些……」鍾流水點數，「一、二、三……那七隻給你，這七隻給我，一人一半很公平。」

「都說了我不要眼珠子，我……」

話還沒說完，十幾隻魑傀趔趔趄趄成扇形圍攏過來，顯然將兩人給鎖定了。

苦逼的白霆雷終於下定決心，要是今晚能將這些魑傀全逮下來，下星期他就請調，離開田淵市，媽媽他受夠神棍跟這些怪物了！

話說大半夜的，我們勞苦功高又苦命的警察先生白霆雷，為什麼會來到葉家外頭呢？他與鬼事顧問心有靈犀的程度難道已經達到水乳交融的程度了嗎？

錯，事情要從夜半十二點，又一樁夜鬼惡意破壞門窗入侵的案件發生說起。

這次被闖入的不是骨董店、不是玉器行、而是市立美術館。

該美術館目前正在展覽國寶級文物，包含許多玉製的禮器及首飾等等。夜半當美術館警衛發現不對勁時，大門已經被侵入，接著警鈴聲大作、混雜著一波又一波的玻璃碎裂聲，裡頭展覽寶物的展示櫃都已經被暴力破壞了。

白霆雷由警方無線電裡接獲了通知，立刻騎著他的摩托車過來支援，卻發現警方已經將現場包圍，據估計夜鬼人數竟有十數人之多，就在當下，夜鬼仍舊持續破壞展覽櫃，對外頭集結的警方不理也不睬。

對待此種大型對峙案件，自有專業的戰術班及狙擊班待命，白霆雷則被派往附近封鎖一條小路，防止夜鬼逃脫，並且阻止想要看熱鬧的民眾進入。

「現在情況怎麼樣了？」白霆雷問一起守路口的小方。

小方放下無線電：「王隊長說入侵者不太像人。」

「他們是夜鬼，難道真是鬼喔。」白霆雷嗤一聲。

「是鬼的話，這案子就屬於鬼事組處理了。」小方壞壞笑，最近為了這些暴力侵入店家的案件，他已經兩星期沒睡飽覺，女朋友也吵著要分手了。

白霆雷才不相信，鬼就是陰魂，魂魄沒實體怎麼破窗？

「……可能真是鬼喔，小霆霆你們會不會對歹徒開槍？應該先拿擴音器心戰喊話吧？是不是已經有特種部隊潛入地下室，準備偷偷溜上去逮人？喔喔我知道了，警察這時候已經從後面攀牆上到頂樓了，電影都這麼演的說……」

這聲音不是小方的，卻很熟悉，還喊自己是小霆霆來裝熟，誰啊？轉頭一看，一高一矮兩個人不知何時已經站在身邊。

高的那位身材魁梧，一身黑皮衣皮褲，一堆重金屬飾品在身上閃閃發亮，最為突兀的卻是他腰上纏繞幾圈的鐵鎖鍊，淬煉精銳，看來並非是純粹的裝飾品。

這是危險分子吧？白霆雷一個念頭閃過，接著看那個矮個子，也就是剛剛發話的那位；這人身形偏瘦，臉色白如粉筆，同樣穿著時尚新潮的皮衣，腰間卻別了本厚厚的手帳，還有一枝泛藍色幽光的毛筆，雖然裝扮煞氣，卻是笑容可掬，就差沒在臉上寫「和氣生財」四個字了。

「你們……」白霆雷陡然間指著這兩人大喝：「又裝神弄鬼了！」

這兩人他還真喵的不陌生，叫做小黑小白，職業大概是魔術師還什麼的，總是咻的一下出現又咻一下不見，身上亂七八糟的裝飾大概就是舞台裝，這麼晚還到處亂晃，大概剛表演完要回家吧。

小白眨眨眼，又拍拍警察肩膀笑嘻嘻，「小霆霆你最愛開玩笑，明明知道我跟小黑是……欸欸欸、身為好朋友我提醒你一下喔，美術館裡頭的可能真是鬼，那墓氣濃的啊……對了，你身為將軍愛將，又是鬼事組，快去跟將軍報告狀況，請他過來解決啊……」

白霆雷知道小白口中的「將軍」指的就是鍾流水，怒喝：「誰是神棍愛將啦？你們看來對歹徒很瞭解，不會是同路人吧？跟我上警局去弄個筆錄先！」

「別鬧了小霆霆……」突然瞪大眼，指著白霆雷後方的天空，「啊啊、怎麼有飛碟呢？快拍照！」

白霆雷轉過身，才轉過一半立刻回身，擰住正待落跑的小白小黑，咬牙切齒說：「想跑？別以為我會上當！」

「嘿嘿，太好了，將軍老說你笨，事實證明你沒那麼笨。嘿嘿我跟小黑也不是要跑，有工作在身嘛，兩條街外的陳伯伯時候到了，你知道的，按照正常程序來做，得先接他往城隍廟領路引，才能進陰曹地府，這要誤了時辰的話，我跟小黑會被記上一筆怠忽職守的罪名。」小白搖頭晃腦說。

白霆雷恨死了，聽上頭話的前半段，神棍居然背後說自己笨！黑白小子看來比較不正常吧！他根本不清楚小白小黑就是民間傳說中的黑白無常，是勾攝魂魄的使者，至於路引，則是進入地府的一種憑證，鬼卒查驗無誤，就會放魂入地府。

他只知道這兩人很會變魔術，總弄得他頭昏眼花。

陸・
夜盜髑傀綜橫，無頭騎士逞凶

小方是普通人，看不到小白小黑，見白霆雷一直橫眉豎目對著空氣說話，弄得他毛骨悚然。

「小霆霆你跟誰說話？別嚇我啊……」很可憐很可憐的拉著人問。

「就他們啊，黑白小子！」恨恨指著小白小黑。

「沒、沒人……」小方背後冒冷汗，吞了吞口水說：「你壓力很大產生幻覺？這……跟王隊長請假吧……」

白霆雷愣了下，「你看不見？」

「看見什麼？」小方這會兒嚇得是真要昏倒，恍然大悟了，哭著說：「我忘了，你你你、你、你是鬼事組的人，能見鬼……」

他怎麼會忘了這麼重要的一件事呢？鬼事組裡新來的同事白霆雷專門惹鬼啊，報到才幾個月，什麼屍鬼蛇妖死人骨頭的事情都碰上了，組長孫召堂甚至得意地對大家說：這小子長一雙陰陽眼，白天見人晚上見鬼，哦呵呵鬼事組有他跟鍾顧問聯手，任何鬼案子都能破的啦哇哈哈！

「胡說八道，我沒見過鬼！」白霆雷卻是怒不可遏。

小白撬嘴笑著對小黑使眼色，將軍說得沒錯，小霆霆還不知道自己有陰陽眼呢，哪有人遲鈍成這樣的啊？難怪將軍說他笨。

總而言之小方就認定了白霆雷身邊有鬼，只想離他愈遠愈好，白霆雷卻是拉著他不讓跑，還指著一旁的小白小黑，拼了命地說：你看看這兩小子，打扮得怪裡怪氣，你沒看見？

嗚嗚嗚，我真的沒看見什麼小白小黑，小霆霆你饒了我吧，你在報復我偷寫情書給譚綺綠吧？我發誓再也不敢了，放了我吧，我不要守著路口了，我現在就闖入美術館跟歹徒周旋，奉獻自己的青春熱情與生命來報效國家社會宇宙異次元……

就在兩名警察拉拉扯扯之際，某處傳來炸響，那聲音直升雲霄，連腳底都隱隱陣動，像是地牛悄悄翻身。

白霆雷第一反應是哪裡正在施放大型煙火，抬頭往聲響處看，一道白中泛青的光芒由地面直沖入夜空，接著冷風澎湃，弄得白霆雷頭髮都豎了起來，小方則是連打好幾個噴嚏。

「今天不是節慶，誰家亂放煙火？」白霆雷縮了縮肩膀咒罵，擾民嘛，還有剛剛吹的啥鬼風啊？冷死人了。

「哪裡有煙火？」小方傻傻問。

「那裡！」白霆雷指著泛青白色光芒的方向。

「他看不到的，那是破天。」

突然間小白插口，一張總是親和的臉這會兒糾結了起來，破天？好討厭的感覺喔。

小黑低頭看腰間的鐵鍊錚錚鏦鏦響，這鐵鍊可不是凡物，而是勾魂鐵索，除了能當武器之外，任何魂魄被這鐵鍊勾住就逃不了了，只能乖乖被帶著往地府去，如今鐵鍊與破天之氣相呼應，指出此氣的真面目。

「是戟氣破天。」習慣沉默的他終於發了言。

「啊啊啊是戟氣！？幾個月前有陰嗔，憑空生出了之嬰元屍鬼，幸好被將軍給吃了，如今又來個戟氣破天，田淵市風水真是太好了，小黑我們現在申請調別縣市工作成不成啊？」小白急得團團轉了。

「戟氣破天是什麼鬼東東！？」白霆雷叉腰問。

「不要問，很恐怖。」小白猛搖頭。

白霆雷一把揪起小白的領子，「跟我過去看看！」

「不行啊，都說了我跟小黑有工作在身，晚去了的話，陳伯伯的靈魂會亂跑，他有老人痴呆症懂不懂啊？小霆霆你自己去吧，最好帶著將軍一起，有狀況他會幫著處理一下，但是要注意，戟氣對他的身體很傷……」

白霆雷不懂為什麼這個戟氣對鍾流水很傷，卻知道自己除非閒到蛋疼才會去找神棍湊熱鬧。轉頭問小方：「……你真的看不到？」

小方都哭了，「你你你、你要跟誰過去看東西就過去看東西，求你當我不存在好了，我會好好守著路口，你安心的去吧嗚嗚嗚～～」

他真的什麼都看不到，看不到小白小黑、看不到戟氣破天，就看到白霆雷比手畫腳跟空氣對話，想也知道那處空氣裡一定有鬼，還是滿滿醜陋又猙獰的鬼。

既然小方都這麼說了，白霆雷就前往散發戟氣的地方看看好了，總覺得那戟氣讓人毛骨悚然，絕對不會是什麼好東西。

揪著領子的手突然一空，回頭看，咦，小白小黑又不見了，這兩人賊啊，總是消失的比老鼠還快。

同時間的美術館外，負責現場的警方雖已自認掌控了全局，並且確定夜鬼並未脅持任何人質，因此嘗試周旋談判，對方卻一直未予以回應，只好等待上級下達是否攻堅的指令。

就在戟氣破天之時，館裡陡然沉寂下來，鈴聲寂了，展示櫃破碎聲停了，狺狺低吼聲沒了，整個世界都彷彿凝結。

「有狀況，大家小心。」指揮官王隊長陡然說，他雖然看不見戟氣破天的景象，但煞氣出世，體質敏感點的都會覺得不太舒服。

狂嗥猛然自美術館裡冒出，腥臭的味道更是輻射而來，彷彿裡頭藏了個大型垃圾掩埋場。

「歹徒可能攜帶化學武器，準備攻堅的弟兄注意。」

美術館窗口、樓頂等幾處都出現了搖搖晃晃的影子，幢幢若鬼魅，王隊長以夜視鏡觀察，那些居然不是人，而是一頭頭繃緊身體的走獸，它們噗嗤噗嗤的呼嗚著，一副備戰的狀態。

「狗、還是狼？」

王隊長納悶了，卻又陡然明白了，剛才調閱監視器畫面的時候，覺得夜鬼的動作奇怪，當時還以為他們是貓著腰行進，卻原來那些都不是人，而是狗。

狗不會對美術品、珠寶有興趣，所以這些動物肯定經過特殊訓練，訓練者不是在館內，就是躲在附近，而過去報告中總是出現的鈴聲一定就是控制狗兒行動的關鍵。

一方面發布命令下去，讓所有警員注意附近有沒有躲著奇怪的人，另一方面他繼續觀察，發現那些狗的長相恐怖怪異，一個個身上的毛皮都是爛的，下頷大張，伸得長長的舌頭上滴著黏稠的口水，走動時搖晃不已，跟電影裡的喪屍差不多。

靈光一現，這些大狗不就是幾天前鬼事組發現的怪物嗎？王隊長立刻打電話給鬼事組的孫召堂，硬生生把他從黑甜鄉中驚醒。

「老孫你快連絡警政署的妖獸鑑識中心，這裡有一大堆你上回遞送過去的怪物，叫吱、吱鬼什麼的！」

「是�傀。」孫召堂立刻清醒，「我立刻連絡上級……」

話還沒說完，美術館立刻有異狀，包圍圈外鈴聲大響，響的縹緲恍惚，一下起於東邊、一下又到了西邊，前一秒中由空中貫穿了下來，後一秒那鈴聲又由地底下發出，簡直就像是故意在擾亂警方的判斷力。

「別管鈴聲，注意那些狗，必要時就開槍，那些不是人而是怪物，放出去對一般民眾有危險！」王隊長迅速下指令。

一般而言警察在處理案件時，並不傾向於動槍動刀，能無人傷亡的解決案件最好，電影電視上那些動不動就槍戰的劇情純粹是為了戲劇效果而已。不過呢，如今歹徒是怪物，為了避免造成民眾恐慌，絕不能漏了其中一隻，全都要抓起來，抓不到就殺。

陸．
夜盜骴傀綜橫，無頭騎士逞凶

王隊長算盤打的劈啪響，可惜天不從人願，尖銳高音於美術館齊發上天，弄得現場所有人耳鳴頭暈，幾乎站不穩。

骴傀們以同仇敵愾的氣勢疾衝飛掠，最前頭的警員想都沒想就拔槍射擊，但鬼獸的動作實在太快，警員們一陣慌亂。

「擋住！」

王隊長抽出警棍來對付，他前頭那隻骴傀卻來了個凌空飛越，尖長的銳牙滴著口水，回身還咬上王隊長屁股。

其他人立刻撲上前要把那隻骴傀拉開，但骴傀一秒鐘內鬆口退後，救援的人落了個空，好幾人跌在一起，指揮官最倒楣了，屁股有傷的他被壓在最下頭，痛得他慘叫連連。

陰風颯颯捲起塵霧，能見度被遮蔽大半，骴傀們迅速穿過警察，在包圍網之外重新聚集，鈴聲催促著它們朝同一個方向奔去。

戟氣破天的方向，那裡，它們來到田淵市的目的。

白霆雷也騎著他心愛的機車朝戟氣破天處前進，騎著騎著覺得後頭有無數腳步攢動，那聲音並不大，一部分還被自己機車的引擎運轉聲給壓過去，但他就是能感覺到大片肉掌踏地，跟自己同個方向。

陡地陰風如大片潮水襲捲而來，推得他差點兒無法穩住車身，好不容易穩住車頭車身，一條條黑影從身旁竄過，猩紅的雙眼急切，彷彿前頭有食物等著它們去啃咬噬食。

白霆雷認出超車的是骷傀，上回他初見這些東西時還僅僅是屍體，這回活生生的見到了，心底竟是發寒。

這他喵都是些什麼怪物啊！！！

神棍說過，骷傀背後有藏鏡人在操控，這時候又發現骷傀的目的地似乎也是戟氣，這下他覺得真是一舉兩得，賺到了，可惜這時候的愛車老婆不給力啊，看看油門都催過一百了，緊追不捨的他卻跟骷傀愈離愈遠。

「想甩掉波麗士大人我？門都沒有！」

管他喵的交通法規，白霆雷油門一催到底，終於將距離一寸一寸的拉近，卻又聽到後頭有喀搭喀搭聲，很陌生又很熟悉的音效，竟然是電視電影裡常聽到的馬蹄聲！

更奇異則是夾雜在馬蹄聲中的鈴鐺，叮叮咚叮叮咚，與達達踢踏有種和諧的韻律。

陸・
夜盜魑傀綜橫，無頭騎士逞凶

回頭望，煙塵浩蕩，市區夜色竟都因此而蒙塵，更可怕的是這一大片煙塵只是一匹馬弄出來的，可見那是一匹非凡強勁的戰馬，而且他愈看愈不對勁——

馬兒直直朝他而來，隨著距離的縮短，更讓他發現一個事實。

那匹馬不是馬，而是一匹骷髏馬，沒肉沒毛，白色骨架竟是閃閃發亮，脖子還掛了個青色銅鈴，隨著馬奔叩出催魂音，而策馬的戰士穿一身沉重的青銅盔甲，頭盔將整個頭臉都罩住了，完全看不出他的樣貌。

市區裡出現這樣恐怖的角色，白霆雷腦海裡頭只有兩個字。

幻覺！

又見幻覺！！

一切都是幻覺，嚇不倒我的！！！

骷髏馬很快跑在白霆雷身側，騎士冷冽的戰意與強烈的煞氣讓他不寒而慄，青光一閃，青銅戰斧竟然橫向劈來，大驚之下白霆雷及時扭轉車頭，扭力大到連平衡都顧不上，砰一聲車帶人撞上路邊的石頭造景，他在柏油路上連滾好幾滾，手腳背上一大片擦傷，凌亂狼狽，要不是頭上戴著安全帽，傷的會更嚴重。

巨大聲響讓附近本來沉寂的房子都開始有燈光打亮，被吵醒的民眾由窗戶探頭出來看，大部分的人都以為是有人醉酒肇事，有人打電話報警了，另有一兩個熱心民眾出來查看白霆雷的情況。

騎馬戰士早就揚長而去。

頭暈眼花的白霆雷好不容易定過神，見人來問情況，立刻掏出警察證出來，表明自己正在追蹤歹徒，又拿出無線電要連絡同仁，但這無線電在他狠摔地面時，也很不幸被牽連了，試了幾次都無法使用，只好請民眾代撥電話連絡警署。

電話接通前，突然有個畫面閃過腦海。

剛剛那柄華美雕刻的青銅戰斧砍下之時，他瞄到一幕詭異的景象。

戰士的肩膀上有一截斷頸，青銅頭盔死氣沉沉，像是懸浮於那斷頸之上，也就是說……

「無頭戰士……」他喃喃吐出一個驚懼的字眼。

說起無頭妖怪，所有人最耳熟能詳的大概就是愛爾蘭當地傳說的妖精杜拉漢，他總是將自己的頭顱挾在腋下，黑夜中駕馭著黑馬去宣告人們的死亡；中國神話裡則有刑天、夏耕。

刑天，即使被黃帝砍了頭後，仍舊以乳為目、以臍為口，朝強權爭戰不休；夏耕，夏桀臣子，被湯王一刀砍下腦袋後，仍然操戈盾而立，頗有與天命抗衡的意味。

這位青銅盔甲無頭戰士看來就跟杜拉漢差不多，但這裡是田淵市，不是神話的發源地，出現個無頭騎士搞派對嗎？

「我最討厭裝神弄鬼的人啦！非把他抓起來不可，告他襲警、告他意圖傷害，告的他把馬賣掉，賠償我的修車費！」

忿忿抬起摩托車，卻又心酸了，愛車妳不能死啊！我跟妳相依為命同甘共苦這麼多年，一直把妳當成親密愛人的疼你惜妳，想不到今天黑髮人送鋼鐵人……

可惡，他非得追上騎士討公道不可！

但沒了交通工具，他怎麼追？

抬頭望天空，發現戟氣破天的地方已經不遠，他咬了咬牙跳起來奔跑，剛摔車的他四肢還發疼，但、喵的本警察才不怕痛呢，為民眾犧牲有何憾，為愛車甘心剖寸心……

追！

幾分鐘後到了葉家的宅邸外，又喜又憂又怒：喜的是追上了骷髏，憂的是騎士不見了，怒的是他喵喵的神棍半夜不喝酒不睡覺，跑來這裡幹嘛？

這一切說不定是神棍搞的鬼！

但很快他就推翻這結論，因為骴傀朝他兩人圍過來了，微弱街燈映著它們眼中的殺氣如此真實，看來正想大快朵頤一番。

鬼事顧問、零參。蚩尤齒。

【第柒章】

驚現霧裏凶神，
落打五雷轟沉。

十幾隻骴傀在鍾流水及白霆雷前頭錯落散開，這群傢伙看來訓練有素，並非單純的傀儡，懂得以量取勝，一步一步往兩人逼近。

鍾流水掌腕輕轉，拿來對付過葉晴的葦索已赫然在手，猛力一抽，破風之聲厲烈，給骴傀們一記下馬威。

骴傀們退了一步，卻是壓低肩頸，看著隨時就會撲上，白霆雷心想不妙，身為偉大波麗士，難不成還讓鍾流水打先鋒保護？立刻也掏出手槍，心想打死一個是一個。

人獸大戰一觸即發。

不遠處鈴音催魂，骴傀終於開始動作，尾巴呼應著鈴聲節奏晃動，走的僵硬羸弱，初看不像具備戰力，但很快的，其中一隻四腿彈起直撲而來，白霆雷剛要開槍，咻一聲綠蛇飛舞，某隻骴傀的耳朵被葦索打掉了，黃綠色的黏液登時噴濺而出，腐臭味沖天。

另一隻骴傀卻朝白霆雷的腿咬了過來，白霆雷飛起一腿踢開，另一隻又凌空躍來，但鍾流水的葦索再往下劈，才剛被白霆雷踢開的骴傀當頭一鞭，頭蓋骨當場爆裂。

葦索勝在長度，最適於以少打多，鍾流水左抽右鞭，哪隻骴傀靠近就哪隻倒楣，但它們卻不懂痛為何物，其中一隻的兩顆眼珠子都被打爆到眼眶外頭，它還是能一顛一顛的邁步走動，看來

柒・驚現霧裡凶神，落打五雷轟沉

艱難，卻是不屈不撓。

一聲槍響劃破夜空，有隻骴傀胸口被子彈給貫了，巨大衝擊力讓它往後跌了跌，四肢抽搐著，而白霆雷手中槍口冒著白煙兒，他覺得這骴傀太他喵難纏，乾脆往心臟送一槍。

「很好，我本來擔心你會扯後腿呢。」鍾流水說。

白霆雷臉垮下來，這傢伙把他堂堂一個警察當花瓶了嗎？

子彈很威，但是數量有限，白霆雷槍法的命中率也不到百分之百，哪可能全部照顧上？總之，能打多少是多少。

鍾流水也知道白霆雷的困境，主動以己身挑釁出怪物的仇恨，骴傀被他青蛇飛舞一般的葦索給弄得眼花撩亂，自然將他視為闖入葉宅的第一障礙，分從上下衝刺飛撲。鍾流水索隨身轉快而不亂，儘管骴傀合圍攻擊，他卻體態靈巧，左笞右鞭前劈後勾，弄得骴傀根本無法近身。

鈴聲催得更加急促，骴傀改而車輪戰，這個撲過去，另一隻又上來接替，攻擊一波接著一波，根本無止無休。

它們更知道子彈的厲害，一發現槍口對了過來，竟會加快移動速度，讓白霆雷完全抓不準目標，幾槍過去都只打中非要害處，而那些骴傀生命力極強，就算被鞭子打掉下巴、卸去四肢，卻還是能齜著牙弓著背竄上來，打不勝打。

子彈剛打完，一隻骷傀從意想不到的角度咬上他的腳，痛得他哇哇叫，用力踢也踢不掉，這骷傀死都不肯放，隨著他踢腿的動作晃蕩來晃蕩去。

白霆雷反舉槍托下敲往骷傀頭頂，那骷傀也是頑強，牙齒勾著白霆雷的長褲及腿肉嗚嗚嗚嗚叫。

「痛痛痛——」

白霆雷痛得差點喊媽媽了，看看旁邊有座造景用的石頭，忍著疼就往上頭掃腿，骷傀背部受到重創張口呼嗷，自動鬆脫了咬口，白霆雷立刻拖著傷腿跳到鍾流水身後。

瞄了下傷口，天、雖然咬口不深，但這些骷傀可比狂犬啊，牙齒裡也不知道帶不帶屍毒，明天非得去打個狂犬病疫苗不可。

然後他突然居然福至心靈了，「神棍神棍，你就用上回對付蛇妖的娘砲招秒殺它們！」

「什麼娘砲招？」鍾流水的葦索正好捲起一隻骷傀拋出去，心想他哪時練了新招數？

「就滿天都是花的，天女散花，娘們才會用的招數。」

居然暗諷我娘娘腔？鍾流水不怒反笑，「你是說花雨漫天？」

柒．
驚現霧裡凶神，落打五雷轟沉

「就是那個名字。」白霆雷點頭，娘砲人取的名字果然也娘砲。

「那招用起來相當危險，我給你個保護罩，免得傷上加傷。」

白霆雷感動了，神棍居然也有替人著想的時候，看來天不只要下花雨，還要下紅雨。

「接著。」鍾流水輕手一捻，一朵紅色桃花飛了過來，「長！」

花朵於風中婀娜增長，愈轉愈大，到白霆雷手中後竟撐開變成了一把綠柄桃花傘，花瓣構成的傘面粉嫩半透，不管是誰持上這把傘，都會風情萬種嬌俏無限。

白霆雷咧咧罵罵，神棍你絕對是故意的！

桃花傘看來雖然比娘砲還娘砲，但外表娘砲的人也可能有一顆鋼鐵心，這才是外柔內剛的真義啊，比如說，就在這時一隻不長眼的骷髏縱身撲來，白霆雷立刻併攏傘骨橫打，嗷嗚嗷嗚骷髏被彈推了開。

這傘果然好用，白霆雷撐開傘面，又往前擋格兩隻骷髏的攻擊，但骷髏爪子厲害，居然勾住傘面了不放，白霆雷大力旋轉傘面，把死皮賴臉的兩隻給甩走。

這麼一動作，腿上的傷口又被牽動，他這下不只想喊媽媽，連祖宗十八代都想一併拜了。

「當心了喔～～」某神棍的貼心提醒來了，「花雨漫天！」

雙手翻飛，數千數百片桃花花瓣憑空由地飛起，舞出一陣桃花旋風，濃郁花香瞬間蓋過現場的腐屍臭味，這香味驅邪逐妖，骷傀天生不喜，全都忌憚的退了幾步。

花瓣遮蔽天空，翻飛轉折而下，每朵花的速度、方向都略有不同，避免了彼此間的碰撞，卻是一朵一朵往骷傀身上貼，就聽砰砰聲響，花朵全炸了開來，一時間現場硝煙滿布，骷傀慘呼連綿不絕。

白霆雷早就見識過花雨的厲害，一見花朵滿天，肩膀縮了就躲在傘面下，聽見傘面上同樣霹靂啪啪響，他都發毛了，不敢想像那些煙砲砸到自己身上會怎樣。

煙硝散去，白霆雷探頭出來看，原本兇猛的骷傀卻只是皮焦肉綻。

「靠、真的是喪屍！」白霆雷不滿的呼呼大叫，這這這、惡靈古堡重演了嗎？神棍太不給力了！

鍾流水自己也煩了，本來還對骷傀的眼珠子有興趣，所以採用較溫和的花雨漫天，他甚至施用了巧勁來避免傷害到骷傀的頭，卻沒想到骷傀體肉經過術師的淬煉之後，變得異常強韌，竟然撐過了攻擊，氣得他咒罵連連。

「……眼珠子我也不要了，不把你們給碎屍萬段，我把小霆霆餵給你們吃！」

柒．
驚現霧裡凶神，落打五雷轟沉

白霆雷險些栽倒，神棍自己摺不倒骴傀就算了，幹嘛把他給算上一份？他的價值難道比不過神棍的自尊心？

總之鍾流水這是槓上了，摸出幾張符紙後，想起白霆雷腿上有傷口，有傷口就有血，有血就不該浪費，推倒對方抓起小腿一看，傷口的血與肉都是黑的。

「嘖、中了屍毒，這血不能用了。」憾恨。

白霆雷被推倒又被嫌棄，都想哭了。

鍾流水認命咬破指頭，以血書寫五道天火正心符後灑於空中，劍指上比，空氣驀然燠熱無比。

「火符引星自天來！」

符紙沖破雲霄後，接著是無數顆飛星穿過雲層落下，一顆顆全打往骴傀身上，骴傀被釘死在地上後炸成了肉塊後，又燃燒了起來。

白霆雷看的駭然無比，卻還是習慣性的吐槽，「有了這招，你還搞什麼花雨的？娘砲就是比不上火砲啊！」

「不是你讓我弄花雨漫天？」橫一眼回去。

說是這麼說，其實天火正心術招引的是天上飛星，攻擊力自然是強悍無比，但驅動時耗費的真元龐大，所以除非必要，鍾流水不太使用這招。

骴傀解決，鍾流水凝然站立，卻往暗處問了一句，「還不出來？」

操控的術師必然還在附近，但是剛才對付骴傀時，對方竟然完全置身事外，不由得鍾流水不納悶。

要知道，術師煉這骴傀不容易，更何況這一批骴傀的數量不少，而要守著相當規模陵墓的話，必定有相應的陣法來對付大規模的盜墓集團，術師怎麼可能眼睜睜看著骴傀被殺，而不擺陣抗衡？

感覺到那人躲在暗處窺視著、觀察著自己，所以不動聲色。

白霆雷這時候說：「神棍，我剛剛來的時候被個騎馬又裝神弄鬼的傢伙給攻擊，這鈴聲跟馬脖子上掛著的一樣啊！」

「騎馬？」

「對、騎馬，莫名其妙一個好端端的人，卻要裝成是無頭鬼，還是個暴力分子，這種人我若不抓起來關個五年十年，對不起國家社會人民！」白霆雷想到他的愛車，恨不得現在就揪住那人暴打一頓。

聽到騎士的特徵，鍾流水眉毛挑了挑，「無頭」兩個字觸動了他心弦，躲在暗處的操控者相當有意思啊。

「出來吧鼠輩，我知道你要什麼東西。」鍾流水冷笑，「不就是蚩尤齒？」

鈴聲乍響乍停，顯見暗處者的心思變化。

鍾流水正想進一步動作，葉家卻突然產生異變，青色霧氣滾滾飄出，轉眼間連鍾、白兩人全都籠罩。

「寒水煙波陣？」白霆雷叫出來，他上回跟神棍處理蛇妖事件時碰上過一次。

「不、是另一種障眼法，你千萬別跟我散了。」

鍾流水忖度這霧並不像是陣法，霧氣不針對任何人或物，純粹就是霧，卻包含了濃重的煞氣、怨氣、與殺氣。

白霆雷則是抓緊了傘柄，第六感告訴他這霧裡有東西，有傘無患。

青霧裡再也聽不到鈴聲，甚至沒有其他的聲音，這點耐人尋味，就剩下鍾流水跟白霆雷的腳步聲及呼吸，鍾流水深覺不對勁，主動拉住白霆雷，因為這樣的霧最容易欺騙人的五感，讓他們看見、聽到、嗅聞些原本不存在的事物，只要一個錯誤判斷，就會自尋死路。

詭異奇怪的青霧，讓鍾流水不得不與屋裡的蚩尤齒產生聯想。

古書有云，蚩尤最擅興雲作霧，以致當年黃帝於阪泉與之大戰，被瀰漫百里的雲霧幻陣所擋，因而潰不成軍，要不是臣子風后造出指南車，破了雲霧幻陣，如今歷史全得改寫。

蚩尤齒身為蚩尤身體的一部分，自然也能興雲起霧，可是他明明已經用符紙將蚩尤齒封住，交到姜姜手裡……

而姜姜是……

壞事了！！

鍾流水一刻也待不住，大叫：「衝進屋裡去！」

「哪個方向？」白霆雷問，他現在東南西北搞不清楚。

這、鍾流水也不知道。正疑難時，前頭又傳來叮鈴叮鈴，卻不是稍早的鈴鐺音，而是種鐵鍊拖地時擦出的聲響，而那聲響還正逼近之中。

地表微震，走路的人像是耗著他的生命，一步一步於地上烙下印痕。

「誰？」鍾流水試問，卻沒人回答。

柒．
驚現霧裡凶神，落打五雷轟沉

怨氣持續持續地發散，鍾流水都皺眉了，因為怨氣是一股能量，能將霧轉換成能影響人感官的法陣，讓困在霧裡的人聽到、見到、聞到不該存在的東西，嚴重些的甚至連精神狀態都會受到影響，以為前頭是康莊大道，往前踏步卻墜落萬丈深淵的比比皆是。

「喂、覺得不對勁的時候，咬破舌尖吐一口血陽真涎，那樣一口舌尖血，連夜走的髑髏都害怕。」

鍾流水會這樣交代白霆雷，是因為人血是陽中之陽，民間法師每遇上陰物邪物時，都會咬破舌尖混著口水噴出去以破魔障，可解緊急危難。

「拜託，別讓我回想起那件事！」

白霆雷卻都噁了，神棍明明知道自己被一顆公骷髏頭給強吻後，就有揮之不去的心理陰影，幹嘛還哪壺不開提那壺？

這麼一回嘴間，霧裡隱隱出現了個影子，那影子威猛高健，投於霧中的影更是恐怖，雜亂倒豎的頭髮之上，似有頭角頂出。

「誰？」鍾流水皺眉再問。

霧氣盤旋，轟隆隆震耳欲聾，那人噴吐噓息如刀鐵鏗鏘。

「……桎吾足、梏吾手……磨踵滅頂、押解千里……告吾作亂，不用帝命……呵呵、涿鹿之野，流血百里……」

聲音悲涼，涼意裡卻有憤怒沸騰，呼應內心的不甘，可怕的風壓竟連鍾流水都有些抵受不住，往後退了一步。

不對勁，鍾流水於是拿出桃木劍在手備戰，霧對面那人怕是位凶神。

銬鐐聲愈來愈近，幾點血腥染上霧簾，赤氣上沖。

「……軒轅劍怎能敵我五兵在手？飲恨玄女符……血滿解首池……怒魂昇如旗，怨恨長不息……浩蕩躑躅終回歸……絕轡之野斷殤魂……」

「你……」鍾流水陡然變容，「蚩尤？！」

熟悉上古傳說的人都知道，軒轅劍、玄女符、這兩樣法寶助過黃帝將蚩尤的軍隊殺得潰不成軍。一代梟魔被生擒之後，黃帝為了讓各地異心歸伏，起解蚩尤徒步千里，桎梏沾染了他的血跡斑斑。

蚩尤被斬首後，天下依舊擾亂不寧，黃帝又將其遺體運行千里至黃河北岸，為了昭告蚩尤已死，不許天下再有貳心，至此八方萬邦皆為弭服。

柒·驚現霧裡凶神，落打五雷轟沉

但是很多人不知道，這樣死去的蚩尤怨氣甚重，若歸入輪迴，怕轉生的他會再次大亂天下，黃帝乘龍昇天後，奏請天庭將他的靈魂羈押入地獄奪谷，永世不得超生，黨羽則囚入九幽黃泉，從此鬼門關閉鎖，天庭另闢地獄為鬼魂往生之所。

「蚩尤？」白霆雷忍不住問了。

鍾流水猶疑搖頭，「不可能……蚩尤之魂在奪谷裡……這是蚩尤齒的殘像。」

就算是殘像，也令人心旌搖惑，因為跟真的一樣。

轟轟殺意陡然自地下颳起，奔騰澎湃，如戕砍一切生物的秋氣，掃過便是枯黃蕭索。

「不好、這是秋殺！」鍾流水變臉。

按五行推演，秋屬金，意指金屬利器，秋天時草木已由繁盛至衰敗，秋風因此主肅殺之意，所以古人有「金天方肅殺」之詩句，霧中那人擺弄濃厚的秋殺，取金剋木之意，明顯要剋殺桃仙鍾流水。

鍾流水立從耳後拿出一片桃木，木片上以血手書天兵神火符，腳踏七星北斗陣，手比驅邪劍指訣，大喝：「天兵神火妖魔震退，急急如律令！」

桃符起火燃燒，這桃符本就具強烈的辟邪能力，燃燒後帶起熊熊野火，野火又吹起滾滾旋風，與秋殺對戰。

天兵神火之術本就具有強效性，加上驅動此法的是仙木，陽氣熾盛，霧氣很快消散，霧裡人終於現身。

那人右手護甲上延伸出奇怪的武器，似矛似槍如戟如殳，就跟之前蚩尤齒於葉晴身上的變化一樣，只是蚩尤齒在這人身上的成形度更高，暗金鐵甲幾乎包覆了他半身，半副鐵甲頭盔之上，有鐵角戟氣逼人，另半邊未被遮蓋之處，卻是怒髮飄飄，紅眼赤厲，整一個煞氣逼人。

竟然是姜姜！

姜姜戰意激昂，纖細身軀在盔甲的襯罩之下，竟顯得蒼涼雄壯，大有萬人敵之氣魄，一雙紅眼直視而來，白霆雷甚至覺得自己的靈魂都被震撼住了。

這人像是姜姜、卻又不是姜姜。

「這、這是……」他喃喃問：「神棍，你外甥在玩角色扮演吧？」

「你滾遠些。」

鍾流水卻是如臨大敵，揮手讓警察退幾步，同時間手上已握緊桃木劍，備戰。

叫我滾遠我就滾遠嗎？好、那等我滾得遠遠回不來你就別後悔！白霆雷很想這麼說，卻是一

柒．
驚現霧裡凶神，落打五雷轟沉

步也移不動，也不知是因為姜姜戰意太濃厚，自然而然震懾住了他，又或者是他覺得這時候絕不能丟下鍾流水一個人，他嗅出了凶險的味道。

姜姜右腳暗金鐵靴一踩，便讓該處塌陷，蛛網狀裂痕朝四周散開，看起來有說不出的邪氛。逼近。

「姜姜，丟了蚩尤齒！」鍾流水陡然大喝。

一抹冷笑浮現於未被頭盔罩住的左半邊嘴角之上，就只是這麼牽動一絲肌肉的時間，滿地捲起飛砂走石，蛛網裂縫更延伸向鍾、白兩人腳下，沖擊波自地下裂縫湧出，這攻擊太過快速，躲避不及的兩人竟被震到了十幾尺之外。

鍾流水是仙體，這震波頂多讓他頭昏腦脹，但白霆雷屬凡身，更別說之前受了不小的傷，一倒地就覺胸中氣血翻騰，嘴一張，嘔出一大口血來。

「都叫你滾遠些了，不聽話，以為你肉體凡胎抵得過凶神惡煞！？」

白霆雷說不出話來反駁，他連說話的餘裕都沒有，全身悶痛死了！

鍾流水罵歸罵，卻還是從懷中掏出顆丹藥要塞入他口中，想也知道白霆雷哪會吃來歷不明的藥？牙關緊閉，結果被拍頭。

「啊！」

開口叫就中計了，藥丸骨嘟嘟滾入喉嚨，化開後花香盈鼻，清涼直達胃部，胸口那鬱積不解的難受消解大半，他終於有力氣表達個人的不信任了。

「這藥、這藥經過衛生署核可了沒？我不吃來路不明的藥、我……」

啪一聲頭又被拍。

「藥名『神仙一翦梅』，無為真人的神方，世上沒幾顆。」鍾流水很大度又大方的說：「來桃花院落打掃一個月就當報答我了。」

警察：#%#$#%*$……

鍾流水還要過去料理外甥，暗處鈴聲大響，一片光帶狠狠橫來，鍾流水揮劍擋格，兩者於空中交觸後，那光帶居然包覆住桃木劍，鍾流水反手抽劍，光帶卻強韌無比，怎麼弄都弄不斷，更甚者，那光帶寒氣逼人，桃木劍上結了一層冰霜，很快要延伸包覆握劍的手。

抬頭看，幾十步外一匹骷髏馬，馬上騎士身罩青銅盔甲，帶著戰斧與銅盾，光帶來自他銅盾上盤據的怪蟲，那是一隻特大號的蠶，頭面如同女子，那光帶正是從它嘴裡吐出的絲。

「人面蠶……」鍾流水眼大睜，現在他知道包裹蚩尤齒的歐絲是哪裡來的了。

柒・
驚現霧裡凶神，落打五雷轟沉

就這麼一愣住的時間，人面蠶口中又吐出一片絲，方向卻是朝向了姜姜，姜姜輕抬手要砍，絲面卻繞彎兒避開鋒利的金屬刃面，竟是要纏繞上他的身體。

鍾流水丟劍出葦索，後發先至打掉蠶絲，蠶絲卻立刻分開成三股，轉出螺旋形去裹住葦索，葦索一碰上蠶絲就被凍結，這絲有結冰封印的能力，任何武器碰觸到都相當危險。

天空中悶雷隱響，藍光於雲層之中一閃一閃，鍾流水發現自己的頭髮朝天豎起，這是雷氣正在凝聚的徵兆，他想到了什麼，駭然，立刻衝往外甥。

「不許！」

蚩尤齒造成戟氣破天，天庭被驚動是理所當然，他卻萬萬沒想到，天庭的反應如此迅速。

天雷正法、五雷轟頂！

鬼事顧問、零參。蚩尤齒。

【第捌章】貪狼星君監斬，

神荼鬱壘衛身。

天地諸法之中，威力最大為雷法，因為雷霆為天地樞機，更是上天懲戒邪魔歪道的終極手段，其法稱為天打五雷轟。

妖物凶靈總會帶來動亂，天庭為了維持天地秩序，對下界妖物看管自嚴，一旦四方巡守的六丁六甲值日功曹察覺某地妖氣暴增，便會上報天庭，決定是否除惡務盡，以免擾亂蒼生。

舉例說吧：當年花果山上石卵化生為石猴子，目運金光焰沖斗府，便驚動玉皇大帝派千里眼、順風耳開南天門查看，若不是石猴眼中金光及時潛息，神雷玉府的大雷天尊就會立刻接到飭令，行天打五雷轟了。

戟氣沖天，也是一種妖氣震空，鍾流水卻沒料到天上施令五雷轟頂竟是如此快速，五雷轟頂說打就打，連給人個心理準備都沒有。

就在雷光即將下擊到姜姜頭上時，鍾流水衝身飛空，旋開一把桃花傘，傘面迎上雷光後爆發炸響燒成了灰，雷光卻也被旋轉的傘面分散成一條條光蛇往四周遊竄，葉家的花園裡到處是劈啪劈啪的火光，這電火之強，甚至讓方圓幾公里都跳電，所有路燈瞬息，該區陷入黑暗。

鍾流水同樣被那雷霆之力震跌到了十幾公尺之外，他跌得狼狽，連優雅的仙人姿態都做不來，更別說白霆雷了，就覺得耳朵嗡嗡響，心跳也都失序，整個人難過得像要死掉一般。

捌・貪狼星君監斬，神荼鬱壘衛身

姜姜卻無事人一般，血眼斜翹睨天，看來竟不將這天雷當回事。

天空雷雲再聚，第二發隨時下來，五雷轟頂自然有五次連打。鍾流水雖是仙人，卻是木仙，最怕雷擊，但他還要重施故技擾雷光，勉力結印作驅雷咒。

「雷光猛電，欻火流星，撼動雷神，列陳布營，八殺威猛，九天敕命，敢不從命，破滅汝形！」

真元自手印中散發，金光成一朵朵的桃花，這看來跟之前的花雨漫天差不多，但去勢卻更加凶猛，花朵化為密集的箭鏃，就在第二道雷打到姜姜之前攔截住，一股更加強大的爆炸捲起，藍光金光四濺飛散。

姜姜躲過了第二次雷擊。

鍾流水為了抗天雷，耗盡了大半真元，幾乎沒多少力氣了，整張臉蒼白如紙，跟死人差不多。

「……快走……」勉強提氣說了這兩個字。

姜姜仰頭，卻是狂狷，他高舉手中五兵之器，竟是要與天雷抗衡。

「命由自主……」他冷笑，「不由天。」

「……我就知道……」

鍾流水閉眼，凶悖魂體目空一切，竟想以己之力逆天、搏天。

突然間八株人高的小樹圍繞姜姜往上拔高，瞬間長成八棵大桃樹，枝葉葳蕤搖曳若傘蓋，卻成了保護罩，第三道雷打上樹頂，八棵樹分將雷力導入地下，樹幹起火燃燒，裡頭姜姜如沐火海之中。

再次逃過一劫。

地下當然不會無緣無故長出桃樹，這是剛剛鍾流水施完驅雷咒之後，回手按先天八卦方位在姜姜周圍種下八根桃枝，布出防護力極強的桃花八方陣，將雷火給卸到地下，卻能保全陣中人之命。

桃樹遭此雷劫，一下就灰飛湮滅，第四道雷卻又要打下，突然間銀光圍繞住姜姜，一直維持旁觀的無頭騎士居然出手了，人面蠶吐出無數道銀帶把姜姜圍裹住。

此招偷襲誰也沒有料到，就連姜姜也是一樣，一聲悶哼，人已經全身裹上一片薄如蟬翼的輕網，網收後，人就被騎士給提在手上，身上盔甲罩上一層寒霜。

雷光此時打下地面，沙塵灰濛瀰漫，姜姜原本站著的地方被擊成散飛的齏粉。

捌．貪狼星君監斬，神荼鬱壘衛身

似乎知道前四道雷並未竟功，這回雷爆悶響的時間延長，竟是不再魯莽，而是審度時勢，醞釀了足夠的氣勢才落雷，雷練卻在半空中繞彎追向無頭騎士，竟是打算連同騎士一併擊殺。

騎士策馬快奔，他也知道天雷的厲害，沒打算與之硬碰硬。

鍾流水這裡又要飛撲救人，後頭一緊，竟被白霆雷給抱住。

「傻瓜你！」

就連笨蛋警察都看出神棍是打算豁出命不要了。

「那是姜姜！」鍾流水吼叫。

姜姜是妹妹拼死也要保護的人，更別說自己這幾年與外甥朝夕相處，血濃於水，羈絆擺在那兒，怎可能眼睜睜讓他被雷打死？！

掙扎了幾下，卻是無能推開白霆雷的束縛，因為桃花八方陣以及驅雷咒都耗掉他近九成的真元。如今還能保持清醒，都多虧他長期修行，維持靈力精粹的緣故。

兩相拉扯之下，哧拉一聲，鍾流水本就幾乎破爛的衣著生生被扯下，兩道金光從他背後迸發後飛出，奔勢如虹，竟及時於半空中攔擊雷矢，雷息之後，兩醜怪凶狠的武士自空而降。

兩武士袒胸露乳，虯鬚黑髯卻都卷焦了，身上發出濃濃的燒焦味，怎麼看都是凶神惡煞的模樣，卻威風凜凜的落在鍾流水身前。

「五雷已罄，寬心。」

兩武士異口同聲，聽來卻是只有一個人在說話。

「神荼、鬱壘……我忘了還有你們……去救姜姜……」

鍾流水終於放下了心，上天為免三界非議其好殺，對已經度過雷劫的妖魔會停止追擊，直待下一回的擾天亂世。

無頭騎士卻彷彿知道兩武士打算追來，青銅戰斧橫空一掃，厲風啞吒啅噪，竟如鳥叫鬼哭，這可怕的聲煞成功遏止神荼、鬱壘，骷髏馬仰天長嘶一聲後疾走而去。

鍾流水立即低喝：「見諸魅！」

他太陽穴上的粉色胎記立即剝離出來，蝙蝠見諸魅知道主人心思，立即朝騎士逃逸的方向追去。

「追！」

兩武士也同聲同氣跟著要追，剛提步，天上突然有璀璨紫光降下，擋住他們去路。

紫光落在剛才雷光打中的土坑裡，光裡正氣盎然，一見便知是天上神仙降世，兩武士不敢造次，同時停步，卻是分站鍾流水兩側，行護衛之責。

凌然紫光裡隱隱浮現一張人面，卻是一位絕代少年，眉目低垂俯視人時，有種天生的貴氣與優越感，在在表現出天之驕子的氣勢。

「我說呢，天底下有哪幾個妖精鬼怪能躲過天打五雷轟，原來驅魔帝君在此……不、我忘了帝君已經貶遷為驅邪斬祟將軍……」語氣聽來溫和，眼裡卻有一絲倨傲飄過。

鍾流水認出對方為司命貪狼星君，照理說他官階低於對方，應該起身請安才是，但如今他重傷在身，多說一個字身體就多疼一下，乾脆不答話。

貪狼星君蹙起眉頭，「戟氣沖天，邪神現世，我奉命監管大雷天尊率領五方雷將打降天雷，沒想五雷卻都落空，耐人尋味啊……」

「蚩尤齒出世，所以戟氣破天；至於邪神……」鍾流水垂眼，「星君可以往宅子內察看，女子葉晴為蚩尤後裔，因蚩尤齒影響而凶性大發，如今已被懾服，天雷之舉，實屬小題大作。」

「邪神凶性連天地都撼動了，怎可能讓將軍輕易懾服？」

貪狼星君問的柔和，話語裡卻是滿滿的不信任，再說，根據四方巡守的六丁六甲值日功曹來報，凶神為一穿盔甲的年輕人，何時變成了女子？

「星君可自行前往察看。」鍾流水說完就閉起眼睛，明著要裝死。

星君輕哼一聲，紫光大盛，立刻竄入了葉宅。

慘不忍睹的別墅窗戶閃出一陣又一陣的紫光，貪狼星君逐房逐樓查看，屋內所有人都昏迷不醒，其中一名少女身上還殘存著凶神的氣息，看來鍾流水所言不假。

造成戟氣破天的凶器卻不見蹤影。

紫光又從屋內竄出，貪狼星君臉面浮現，「敢問將軍，蚩尤齒如今在何處？」

鍾流水懶洋洋地答：「被個神祕騎士搶走了呢。」

高傲的臉容終於抽搐了一下，「為何不早說？」

「神荼、鬱壘正要去追，不就被你擋路了嗎？星君這下可犯了大疏忽。念在同天庭為官的分上，我就不往上參一本了。」

貪狼星君氣得牙癢癢，表面卻不動聲色，「那就謝過將軍。敢問神祕騎士遁逃何處？」

「神荼鬱壘，你們看到馬往哪兒跑了？」

「那裡。」兩人又是異口同聲，但神荼指著右邊、鬱壘卻是指向左邊。

星君臉上繼續抽搐，「多謝，我這就去追捕。」

「不送。」鍾流水閉上眼睛。

紫光上昇，卻突然停頓，貪狼星君緩緩問：「將軍那位擁有凶悖魂體的外甥……跟這次事件無關吧？」

鍾流水卻不答話。

星君自討了沒趣，面目隱入紫光後攀飛，很快沒入星光燁燁的夜空中。

神荼、鬱壘兩人這才回過身來喊：「兄弟，那傢伙走了。」

鍾流水沒任何動作，白霆雷見他臉上連一絲血色也無，搖了幾下沒反應，忙說：「昏過去了，送他上醫院。」

其實白霆雷慘遭屍毒，目前的體況也沒好到哪裡去，剛才也不知是哪來的力量，才將正要飛身擋雷的鍾流水給攔了下來，而腿上的痛楚卻也幫助他從頭至尾保持清醒，因此將葉家庭院裡發生的一切怪事給目睹的一清二楚。

他很訝異，天上落雷五道，怎麼附近人家沒一個起床過來看熱鬧？甚至沒人報警，明明是這樣驚天動地的事。

其實人跟動物都有趨吉避凶的本能，一般人雖然看不到戟氣破天，但蚩尤齒的出世早就讓此地的氣場紊亂，產生了鬼屋效應，一般人就算被驚醒了，也會心煩意亂，選擇視而不見、聽而不聞。

更別說葉家裡頭的人了。

當姜姜被蚩尤齒占領之時，瞬間爆出的煞氣讓所有人都昏迷，張聿修雖然試著抗拒了一下，但五兵揮來，戟氣沖胸，修為還淺的他也就失去了意識。

神荼、鬱壘過來分搭鍾流水左右手脈，說：「不好，他獨抗天雷，真元耗弱混亂，神識受到劇烈震盪後退入識海，怕短期間出不來。」

「什麼意思？」白霆雷有聽沒懂。

神荼、鬱壘根本沒看白霆雷，兩人自顧自地說話。

「我們分從陰脈與陽脈分送靈氣給他，助他抱守歸一、納氣入身，凝練混亂的經脈之氣。」

「這麼做也只能定他魂魄，但若他的神智沉入識海太深，只怕要好幾年才能醒來。」

「得有人去他識海找一找、拉他一把。」

「你跟我必須合導他的氣息，沒法分心。找誰呢？」

「這小子是兄弟最鍾愛的那隻貓，就他。」

「他不是小貓，他是虎。」

「貓跟虎長得都差不多。」

「也對，這小子是四陽鼎聚之體，又是兄弟的延命貴人，他去的確適合。」

聽得白霆雷都氣了，「你們囉哩囉嗦什麼啊？快送他上醫院急救，順便帶我一個！」

「你跟他有緣分有羈絆，最好不過了，如此他的識海才不會抗拒……記得把他叫醒。」

這兩人自說自話的功力跟神棍真是有得比啊，白霆雷正想問什麼，那兩人卻是分左右拉著他與鍾流水的手，四人合成一個圈，然後白霆雷覺得魂魄被抽離了，眼前一黑。

模模糊糊還聽得見神荼鬱壘的交代。

「識海將於一個時辰後開通……切記，讓他知道一切都是夢……」

白霆雷經過了一個黑暗的甬道，盡頭散發著白光，立刻狂奔過去，心裡還想著，這跟一般人說的瀕死體驗好相似啊，他怎麼老遇上這樣的經驗？

一踏入光亮裡，卻發現四周崗巒參差，近處溪谷映著急湍瀑布，鳥語鳴啾生氣盎然，他進入了世外桃源一般的山裡。

咦，他是在作夢嗎？

走著走著，聞到了清新桃花香，就見眼前一棵大桃樹，挺立葳蕤枝幹延伸，覆蔭之下草花柔軟，樹下有人靠著根脈底處打盹兒，不就是神棍嗎？

立刻開口喊神棍：「吼吼吼吼吼吼喔～～」

嘯聲震天草木顫慄，這什麼叫聲？白霆雷自己都嚇了一大跳。

鍾流水醒來了，輕斥，「很吵呢。」

「吼吼吼吼！」

白霆雷再度開口，依舊吼出個咆哮。

他居然不會說話了！急的跳跳跳，這一跳又發現個恐怖的事實，他居然用四隻腳著地行走，這腳還不是普通的腳，是貓腳！

這下他肯定自己是作夢，要不他怎麼會變成一隻貓？

「白澤你過來。」鍾流水打了個呵欠後招手。

白澤？太熟悉的名字，白霆雷搖頭晃腦想了想，神棍曾說養過一隻老虎當坐騎，名字就叫做白澤。這麼說來——

他不是貓，而是威風的老虎哇哈哈！！！

一面得意一面走近，鍾流水伸了個懶腰，接著用力一彈虎頭。

「嗷嗷嗷嗷嗷嗷嗚～～」白霆雷痛得往後跳，吼、神棍你怎麼老愛欺負人！

「餓了是不是？唉、現在的鬼全往酆都去，都不往度朔山這裡送，我們只好下山去抓鬼吃吧。跟你說啊，上回我在某朝的皇帝寢宮裡抓到一隻虛耗，那眼珠子可美味了，皇帝還問我是誰，我隨口騙說自己叫鍾馗，終南山武舉不第的進士，他居然信了……」

這笑話不好笑啊神棍。

「皇宮珍藏滿櫃，又盡是勾心鬥角之輩，所以鬼怪甚多，的確是抓鬼的好去處。」

說著就跳上白霆雷的背，白霆雷很不爽的要把人給摔下來，唉唉臭神棍你很沒禮貌，我不要揹你，我是百獸之王，睥睨萬物勇猛威武！

「唉唉鬧脾氣啊？這樣吧，找到的鬼眼珠子你一半我一半，可以了吧。」

這還差不多……等等、我才不吃眼珠子，左眼也不吃、右眼也不吃！

大貓鬧著彆扭，鍾流水也不催，山中歲月無聊，這虎要是太乖，他可就沒理由作弄著玩兒了是不是。

白霆雷怎麼甩都甩不開背上的黏皮糖，氣吼吼，但很快他又聞到桃花香，怔了，雖說鍾流水身上也有類似的味道，但這新味兒卻更加甜美，像女孩兒會有的濃郁純然。

果然有一位女孩翩然到來，她雖年輕，卻是人間難見的色艷馥芳，娉婷身體裹在薄如蟬翼的粉色長衣裡，隨著她的靠近，桃花香氣愈加濃釅。更訝異的是，女孩兒跟鍾流水相貌無分軒輊，應該就是神棍常掛在嘴邊的小妹灼華。

原來這就是鍾灼華的真面貌。

雖說與鍾流水長相一模一樣，但鍾灼華氣質柔美，讓人看了舒服到心坎裡，人面桃花所言不虛，白霆雷覺得自己都要愛上她了。

「小妹怎麼來了？」鍾流水訝異地問，因為各自修行的緣故，他與妹妹好久未見。

「哥哥。」鍾灼華慌急地說：「幫我……」

從未見過妹妹露出如此表情，鍾流水擔心地問：「妳……」

「救救我兒子，我藏不住了，天上已經發現他是……」

鍾流水又驚又氣，成婚與生子這麼大的事，妹妹為何連點兒通知也不給？

「那男人是誰？」惱怒地問。

「他姓姜，我原以為他只是普通人……哥、時間不多了，我即將魂飛魄散，如今已是極限……」

魂飛魄散？他忙要抓著妹妹問清楚，觸手卻是芳魂一縷。

大驚，他忙問：「妳的身體呢？」

「快、哥哥、他們要殺死他了！」

鍾灼華化作一朵五瓣的粉色桃花飄盪往山下去，鍾流水知道這是在替自己引路了。

度朔山遠離世外，怕有長路好走，也不知道自己的親外甥目前人在何處，立刻一拍白霆雷的虎頭。

「快追！」

白霆雷知道事態緊急，也就不挑剔神棍又把自己當坐騎使，飛快追著桃花而行，跨山溪過谿谷，急如電光石火，當一人一虎到達某座小山村時，都已經過了大半天時間。

天空濃雲籠罩雷聲隱隱，就跟葉家庭院裡經歷過的天雷正法一樣。

鍾流水拍拍他的頭，憂心忡忡問：「天庭想殛斃哪個凶靈妖物？」

無法再深思下去了，前頭的桃花已經精疲力盡，飛得一下高一下低，就像是剛於暴風雨中歸來的倦鳥，勉強拍著翅膀殘喘而行，最後飄上了他的肩膀，然後鍾流水看見了山溪邊有一間低矮的小房屋。

知道這裡就是小妹領他來的目的地了，而一株桃樹穿破屋頂，原該是灼灼綻放花朵的桃樹被雷打得焦黑，但那淒惶的枝條依然在天威之下簌簌發著抖，彷彿還打算拼盡最後一絲力量與天抗衡。

又一道天雷要劈下，鍾流水跳下虎背狂奔到了小屋前，於電光中伸臂仰頭咆哮：「吾乃玉帝敕封之『翊聖除邪雷霆驅魔帝君』，此桃樹乃吾之至親鍾灼華，敢問五方雷將為何降下天雷誅殺？」

彷彿忌憚著他的身分，濃雲裂開，雷將於雲上對他合手行禮。

神霄雷公回答：「帝君，桃仙鍾灼華所生之子為凶悖魂體，此為禍害，不該留在世間。」

「胡說，灼華怎麼可能生出凶悖魂體？」

「玉帝行文陰間，也查不出孩子的來歷，為免亂世重生，因此飭令吾等將之就地正法！」

因為凶悖魂體天生就嗜血好殺，具有常人無法匹敵的異能，一旦投胎成人身長大，窮凶極惡的本性會讓他們挑起兵事，遂其殺戮的慾望，天庭為了維持天地秩序，對這種會帶來混亂的精怪

捌．貪狼星君監斬，神荼鬱壘衛身

之物從不寬貸，發現後必殺無赦。

「天生我才必有用，不論善惡，都只為了補全人間世事此消彼長的規律，就算是凶悖魂體，也有其存在的道理……」

「帝君這可是狡辯了。天能行健，首在秩序，凶悖魂體卻總是逆天行事。為了天地平衡，帝君不可心軟。」

這並非心不心軟的問題，雖然知道為了天地人維持和諧，他應該要讓開，讓雷部執行誅殺令，但是……

仰望枯焦瀕死的桃樹，妹妹拼了最後一口氣，回到度朔山上求他……

桃木劍在手，劍尖指胸口，這動作可把白霆雷給嚇壞了，這鍾流水怎麼看、都不像是個會自殺的軟弱人啊！

深切的憤怒卻於鍾流水眼裡跳躍。

「若天庭執意要誅殺屋裡小兒，我立即刺穿此心，開啟鬼門關，縱放凶神蚩尤的八十一位戰將！」

五方雷將可慌了。

驅魔帝君為度朔山上仙桃樹，該樹掌管鬼門關入口，凶神蚩尤死後，為免其部將轉生人世，黃帝奏請天庭將他們全封印於鬼門關內的九幽黃泉下，另闢酆都為地獄，掌管世上鬼魂，並封炎帝為酆都北陰大帝，派下十殿閻羅掌管，鬼都於此易位，新的地獄誕生。

也就是說，鍾流水的身體就是鬼門關入口，刺穿心口，就會釋放八十一位凶魂，這會引起天下大亂的。

「帝君萬萬不可！」

天上傳來溫和渾厚的老者聲音，卻是來執行監斬任務的太白金星，「這事非同小可，不可兒戲，想想天下蒼生。」

鍾流水一笑，「天要亂我，我也亂天，不需要天下蒼生來定奪！」

「帝君……」

「我鍾流水已然犯天，就請星君上告玉帝，將我自仙籙上頭除名，我會在人間監護這孩子長大，絕不讓他為害人間天上！」

太白星君嘆氣，「也罷，吾這就回南天門轉達帝君之請。」

「有勞。」

半個時辰後，太白金星下降到他的身前，撚鬚嘆氣。

「帝君之求，很是讓玉帝為難啊……」

「上天有好生之德，只要避過五雷，就不再追殺下界妖孽，這規矩明白擺在那兒，有什麼好為難的？」

跟太白金星是幾百年的酒友了，此刻金星老兒就在身邊，兩人說話不怕被天庭聽到，鍾流水說話越發放肆了。

太白金星說：「玉帝有言：姑念帝君於過去披星戴月斬妖殲孽，陰德福德累積多不勝數，既然帝君願意以仙籍來保證，就暫時饒了該凶魂。但是天有天規，帝君已然犯上，因此除爾『翊聖除邪雷霆驅魔帝君』，敕命為『驅邪斬祟將軍』，繼續於人間斬妖除孽，完天地正氣。」

鍾流水冷笑，他本就是個散仙，被封為帝君也從沒高興過，如今為了妹妹的最後請求，他可以什麼都捨去、什麼都不要，是帝君是將軍都不重要。

「另外……」太白金星以酒友的立場小聲提點：「玉帝對這個小孩還是不放心，所以會派個誰誰誰監視著，你自己當心。」

「我知道了。多謝。」拍拍肩，「有空下凡時，記得來找我喝酒啊，去偷壺蟠桃酒來，那滋味可好了。」

一旁的白霆雷吼了，這傢伙怎麼到哪兒都只想到要喝酒。

等太白金星暨天上雷眾離開後，鍾流水帶著老虎要進小屋，才覺得不對勁。

平凡無奇的小屋竟透出肅殺之氣，隔窗望入，殘破的桃樹由屋中泥地裡拔起，樹旁站著一個瘦小的孩子。

白霆雷看那長相很熟悉，誰呢？啊、是小時候的姜姜！

鍾流水咬破手指，以血在自己胸口之處寫上赤靈符來保心，這才推門踏入小屋。

屋裡陰暗，男孩周身透出煞氣，剛才的天雷完全沒傷到他，應該是桃樹擋護的功勞。

「我是你舅舅，你……」

鍾流水當先開口打招呼，想降低男孩的戒心。

男孩慢慢迴轉上半身，骨關節扭動出咯吱咯吱響，毫無表情的臉龐森冷一如傀儡偶人，要不是瞳孔有神，乍看之下倒像是個死人。

這讓鍾流水更加警惕，小心翼翼前進，突然間男孩兩手鷹爪朝他抓過來，意圖驅逐這打算欺近的陌生人，他罡步往旁一滑，趁這瞬間觀察男孩臉部表情。

捌．貪狼星君監斬，神荼鬱壘衛身

大抵人若做出異於常人的凶猛舉動，極有可能是被惡鬼沖身，但若是真被沖身，該人應該會面無表情且眼神獃滯，連眨都不會眨眼睛，但男孩卻陰鷙無已，彷彿忖度著來人的斤兩。凶悖魂體，八九不離十。

趁著他分心思考事情的時候，男孩爪子往他心臟部位刺來，他躲避不及，胸膛被碰了一下。

「唔咯……」

男孩像觸了電似的緊急收手倒退，滿臉淒厲。

這裡當舅舅的也不好過，光是被這男孩輕輕一碰，被鉞釜砍擊般的痛楚便直插入心，他滿頭冷汗，心想好險好險，要不是剛剛先給自己畫了個保命護身符，只怕當場就會栽在這裡。

白霆雷也是萬萬沒想到，幼時的姜姜竟是如此可怕，他虎吼一聲要嚇阻小孩，鍾流水揮手阻止。

「你虎爪厲害，退開些，別傷了他。」

白霆雷退後，他倒要看看鍾流水要怎麼應付這野小孩。

男孩又撲過去，動作比虎豹還迅捷凌厲，鍾流水往頭髮裡頭抓出幾枝桃枝，輕淺的桃木香味氤氳於斗室之中，將空氣裡原有的邪氣給壓抑下來，男孩也終於面現忌憚之色。

自古桃木就是制鬼神物，男孩年紀還小不成氣候，自然對桃木畏懼，但他天性執拗倔強，大吼一聲後，居然又朝舅舅攻擊過去。

鍾流水手掌一揮，五根桃枝釘入了外甥七脈中的五脈，避過陽氣起始點的惠頂脈及足陽脈，要將這可怕的煞氣逼出身體，男孩因此痛苦難當，淒厲的嚎吼瞬響，聲浪抖得小屋都簌簌震動起來。

看到外甥如此痛苦，當舅舅的心裡不忍，說：「只要你安分，我就解除這針。」

男孩陡然間鎮定下來，緩緩抬頭啟口，那腔調比寒冰還冷十倍。

「……無聊的把戲……」

瘦小的身軀陡然緊繃，釘入身體五脈的桃枝因此迸射出來，男孩回復了身體的控制權，改以詭異的姿態懸浮，頭顱幾乎碰上了屋頂，這讓他得以用一種睥睨的方式下視男人。

「……無聊的人……」聲音稚嫩，氣勢卻霸橫淋漓。

舅舅手指劃過眉心，默唸開天目咒：「吾今通靈，擊開天門，九竅光明，天地日月，照化吾身，速開大門，變魂化神，急急如律令！」

這所謂的開天目，就是傳說中的開天眼，能夠辨識出生命體上的生氣、陰氣及煞氣，舅舅在這時候緊急開了天眼，就是想確認外甥的斤兩，一看之下就變了臉色。

圍繞外甥的，是一種火焰燒到了極致高溫的青藍之色，那代表……

「……極煞凶魂……怎麼會……」

就算是凶悖魂體，也有等級之分，男孩無疑是最頂級的那一種，也就是極煞凶魂，這讓舅舅的心都突突跳了起來，為什麼、為什麼身為桃仙的妹妹會生出一位極煞凶魂？孩子的父親到底是誰？

桃弓棘箭立時握在手中，他搭弓拉箭對準外甥，自古以來，桃木做的弓搭配上棘枝之箭最能禳除凶邪。

白霆雷為難了，鍾流水這不是要殺了外甥嗎？他該不該上前去勸個架……

「你到底是……怎麼來的？」鍾流水卻問。

男孩冷眼看著那指著己心的箭枝，「你認不出我？我也不知道我是誰。也罷，我形神傷的太重，正好在這身體裡休養。」

「……灼華體有仙氣，不可能生出……」他硬生生將「妖孽」二字嚥下，彷彿若是以那兩字來指稱外甥，也同樣會褻瀆到親愛的妹妹。

「她……死了？」男孩問。

「她死了，為了你。」沉聲又問：「你到底想怎麼樣？」

「……這樣吧，我們來訂個賭約。你必須在我覺醒之前喊出我的真名，否則我就取走你的性命。」

「我若猜出了呢？」

「我保證將來會饒你一命。」

舅舅冷哼一聲，「這賭約聽來得不償失，憑什麼我會答應？」

「你會的。」男孩胸有成竹地說：「我是你的親外甥，也是你這世上唯一的親人。」

這是挑釁嗎？鍾流水眉頭都挑起來了，這表示他已經處於一種接受挑戰且自得其樂的心態裡。

人間禍福相倚，損益盛衰無一定道理可循，外甥雖為極煞凶魂，為惡煞之極致，但物極必反，凶相到了盡頭，必將變化為吉道，所以……

賭賭看。

「既然如此，我們就共同生活吧，好外甥。」

捌．
貪狼星君監斬，神荼鬱壘衛身

男孩微微笑了，他閉上眼睛落到地上，軟倒於舅舅的腳邊，以舅舅的天眼看來，那圍繞於孩子身周的青藍色氣體也逐漸淡去。

沒事吧？白霆雷走上前，自然而然舔了舔姜姜的臉，以為這樣能將他喚醒。

鍾流水摸了摸白霆雷，嘆了口氣，「既然是一家人了，得幫他取個小名。白澤你說，給他取什麼名字好呢？父親姓姜？姜狗子、姜小貓……麻煩，就叫姜姜吧。」

姜姜的名字是這麼來的？神棍你也太、那個、懶了吧！白霆雷鄙視他。

他不知道，鍾流水隨意取名，是為了壓住外甥天生凶殘的命格，這小名還能幫助外甥跳脫天機的窺探，瞞過孩子生父的尋跡。

孩子的父親太不負責任了，竟然讓鍾灼華獨自一人抵擋天雷，鍾流水死也不把這孩子給他。

正要抱起男孩，一樣東西引起了他的注意，在那枯焦的樹根之上，一抹綠芽發出，這讓他大喜過望。

「白澤你看，小妹她……」

白霆雷過去嗅了嗅，感覺那綠芽裡有生機無限，但是鍾流水竟會如此欣喜，想來事情往好的方向去了。

「茅檐長掃靜無苔，花木成畦手自栽。一水護田將綠繞，兩山排闥送青來。」

隨口吟了王荊公罷相之後的一首詩，正好跟降級後鍾流水的心境作比照。擔一個將軍之名，從此帶著外甥遊踏人間，找個風水最最適當之處來涵養小妹的餘枝，總有一天、總有一天……

採了綠芽收好，鍾流水這時卻是怔了一怔，轉頭望白霆雷。

「白澤，我突然想起……」訝異的不能再訝異，「涿鹿戰後，你與凶獸饕餮同歸於盡，以己身虎魄將牠永久封印。你已經死了，怎麼又會在這裡？」

我死了嗎？白霆雷歪歪頭想，他其實並非白澤啊……

鍾流水突然笑了，那笑容苦澀，乍看之下倒像是哭著。

「往事已成空，還如一夢中。原來這是我的夢……你居然到我識海來了，笨蛋警察……」

就在這一刻，白霆雷落入一座奔騰洶湧的海洋，各式各樣的光影從眼前掠過，光影裡有許許多多的人事物，訊息量沉重的讓他負載不住，他快要溺斃了。

有隻溫熱的手扯著他起來，他深呼吸一口氣，活回來了。

睜眼——

某個人瞪著他。

鬼事顧問、零參。蚩尤齒。

【第玖章】隱跡泥犁寸隙，

現形酆都孽鏡。

天亮，白霆雷睜眼，一張白淨秀氣的臉瞪下來。

「醒了？」

這不是廢話嗎？以為他眼睛睜假的喔，瞧，他連對方臉上胎記不見了都有注意到。

俯視他的人正是鍾流水，確認白霆雷是真的醒了之後，就往他臉上用力一擰，痛得他哇啦哇啦。

「痛痛痛痛痛痛！」

「醒了就應一聲，要不我以為你睜著眼睛昏了。」

可惡，神棍你有本事就更冷血更無恥更無動於衷一點！本警察……

突然唰啦啦一大響，鍾流水居然扯破他褲子，還上上下下摸他的腿。

「幹什麼？」白霆雷嚇壞了。

「眼睛都睜開了，為什麼不自己看？」

一看之後放下心，鍾流水不過是在料理白霆雷腿上被骴傀咬的傷口。傷口其實不大，卻是觸目驚心，翻出來的血肉都呈黑色，還不斷泌出黃黃綠綠的黏液，白霆雷卻感受不到一絲疼痛，因為屍毒會僵化肌肉，麻痺該處神經。

玖・
隱跡泥犁寸隙，現形酆都孽鏡

張聿修捧著一個袋子過來，「治屍毒的黑糯米粉買來了。」

鍾流水抓一大粉往傷口蓋，青色蒸氣大片冒起，白霆雷又大驚小怪起來。

「神棍你這是偏方吧？屍毒頂多就是被腐肉的細菌跟外表黴菌給感染，我信任醫院不信任你！我要去醫院！」

「骴傀屍毒，醫院能救個屁。」鍾流水罵。

幾句話的時間裡，傷口上的糯米粉都已經變成黑色了，白霆雷本人雖不覺得痛，但是看著傷口反應如此大，自己也是心驚膽顫。

張聿修安靜在旁看鍾流水整治白霆雷，虛心問：「糯米真可以解屍毒？」

因為現代人在處理喪葬以火葬為主，就算是土葬，事前也會請地理先生勘過風水，避免葬入聚陰池或飛沙地，遺體成為殭屍的機會是少之又少，無怪乎像張聿修這樣的年輕小法師，沒多少親自對付骴傀殭屍及處理屍毒的經驗。

「黑驢蹄子、黑狗血、硃砂，皆是陽氣甚重之物，專門對付殭屍的極陰之性，糯米則能驅除邪氣，口服也可，其中以黑糯米效果最好，其他效果次之，陳米又比新米好。」

這些理論張聿修當然也聽過，卻是第一次看到拔毒的過程，而鍾流水邊說邊利索的換過新粉，幾次之後，傷口逐漸恢復成正常血肉顏色。

「疼了、疼了啊呀呀呀呀～～」白霆雷又喊了。

「疼就表示好了。」鍾流水涼涼說，又吩咐張聿修去拿些傷藥及繃帶來，好包紮警察的傷口。

白霆雷齜著牙喊疼，發現鍾流水衣衫凌亂，像哪裡打了一場大架過來，反觀自己也一樣，慘不忍睹慘不忍睹啊，褲子更是被撕得徹底，他的內褲都露出來了。

又注意到躺著的地方是葉家狼藉的庭院裡，原來精心整造的庭院，卻像被核彈給炸過了一樣；獨棟別墅當然也是慘不忍睹，葉鈞正繃著臉指揮員工整理家園。

「那兩個人呢？」白霆雷突然問。

「哪兩個？」

「就是兩個怪武士，黑鬍鬚黑頭髮，叫神荼鬱壘什麼的。」

「別多問。」

碰了個釘子，白霆雷好嘔啊，這時候看見兩輛警車停在葉家前頭，有熟識的警察在蒐證，孫召堂跟譚綺綠赫然也在。

玖．
隱跡泥犁寸隙，現形酆都孽鏡

「隊長！」又感激地對譚綺綠喊：「前輩妳來看我？謝謝……」

好感動啊，譚綺綠果然是關心她的，這不趕現場來了嘛。

譚綺綠過來說：「美術館強盜案跟昨晚的民宅破壞案已經移轉到鬼事組了，我不來誰來？」

白霆雷要哭了，他還以為春天終於到來。

譚綺綠指揮現場人員蒐集那散落一地的骴傀屍塊，孫召堂則帶著昨晚美術館外指揮警察與骴傀對峙的王隊長過來。

「嚴重落雷讓附近變電所整個大跳電，目前沒水沒電啊，唉唉唉，這報告怎麼寫呢？真是慘……」孫召堂很哀怨的問：「流水啊，你說骴傀就是強行侵入民宅的夜鬼？現在它們被炸得死光光，真的不會有其他骴傀再來？」

「它們要找的東西已經被主人給搶回去，不會再出現了。至於它們原來要的是什麼，你去問葉先生吧。」鍾流水指指不遠處正忙得焦頭爛額的葉鈞。

王隊長用手肘打了打孫召堂，孫召堂立刻挨過來小聲問：「老王昨晚被骴傀咬了，屁股腫得跟榴槤一樣大，你能治嗎？」

鍾流水看看笑得忒他喵不好意思的王隊長，又看看他的屁股，這時候蝙蝠見諸魅突然在他頭上盤旋，飛得高高低低又不穩，似乎受了傷，他於是把半袋子的黑糯米粉丟給白霆雷，交代：

「剛剛我怎麼治你，你就怎麼治王隊長。」

「你順手治治不行嗎？我也是傷患，喂喂神棍你——」

鍾流水不管他，跟著見諸魅到一旁去了，白霆雷見鍾流水走路怪異，對啊，這神棍才是昨晚傷得最重的人，如今卻能動還能說話，真是奇蹟。

看來那兩位怪怪武士真弄了什麼手腳，白霆雷想啊想，也想不出個所以然，卻見孫、王兩位長官殷殷望著自己，只好說：「王隊長，麻煩脫掉你的尊褲……孫隊長你身體寬，過來擋擋，春光外洩了可不關我的事……」

白霆雷這裡努力幹著麵粉活兒，鍾流水卻是退到一邊，讓見諸魅停在他手背上。

「怎麼這麼晚才回來？」

「嚶嚶奴家受傷了，他警覺性很高啊主人。」嬌哭著說。

姑不論哭成梨花帶雨的蝙蝠有多恐怖，但她的蝠翼的確受了不小的傷，能飛回來得要靠多大的毅力耐力啊，所以鍾流水也不苛責，摸摸她的小頭以資安慰。

「他到哪兒去了？」

玖・
隱跡泥犁寸隙，現形酆都孽鏡

「奴家親眼見他往某個名為葵南的地下道去了，正要跟著潛入，人面蠶偷襲得逞，傷了奴家……」抽咽悲泣，一發不可收拾，「主人千萬要替奴家作主啊嗚嗚嗚嗚嗚～～」

「葵南是什麼地方？」鍾流水問。

「葵南捷運站，地下一樓處可以搭地鐵。」

張聿修插口。他一直注意著鍾流水，見諸魅回來後，就亦步亦趨跟著，自然是想知道姜姜的下落。

鍾流水想起了那個地方的特殊性，恍然大悟，「泥犁寸隙！原來他躲那邊去了！」

說完就讓見諸魅指引方向，往外急奔，連張聿修在後頭喊人都沒聽到，風馳電掣的他一下就不見了人影。

白霆雷這時候把敷黑糯米粉的責任丟給了孫召堂，一拐一拐的過來，問張聿修神棍去了哪裡。

張聿修一五一十說了，又腦筋一動，請白霆雷開警車送他往葵南捷運站去，他也擔心姜姜的安危，總覺得昨晚自己沒盡好責任，這才讓姜姜誤觸蚩尤齒，弄出一場混亂。

自責的都想捶心肝了。

「沒問題。」

白霆雷阿莎力帶他跳上警車，跟警察兄弟說要辦案，用最快的速度趕去。

警車開道，聲勢非同凡響，車頂上警示器喔嗚喔嗚響啊有木有！路上行人車輛全得讓道啊有木有！紅燈黃燈都成裝飾品啊有木有！坐在後坐的白霆雷張聿修被民眾當成受羈押的嫌犯而指指點點有木有！

但是——

警車這樣的囂張，一路上居然都沒見到鍾流水的身影，鍾流水這是跑多快？

警車將兩人放在捷運站門口就離開了，鍾流水卻不在那裡，白霆雷跟張聿修決定下站去看看，乖乖刷卡經過驗票閘門到等車月台去，月台上還有許多等候的乘客，白霆雷左右兩邊迅速看了看，高個子的好處在這時顯現出來，讓他輕易看見站在月台最尾端的鍾流水。

「搞什麼鬼啊你！」一拐一拐衝過去質問。

鍾流水對警察及張聿修的出現很感意外，問：「你們來幹嘛？」

張聿修說：「我擔心姜姜，鍾先生，也讓我幫忙找人。」

鍾流水臉色和緩了些，轉頭做他剛剛一直在做的事，也就是眼神游移於空蕩蕩的軌道上方，彷彿那裡有個幽靈存在。

白霆雷又問：「要搭電車上哪兒？」

「地獄去不去？」鍾流水橫一眼來問。

「去啊，一百年後。」白霆雷自以為豁達地答了。

鍾流水嘆了口氣，說：「……你們見過『泥犁寸隙』嗎？」

「『寸隙』？是裂縫嗎？」白霆雷也學著鍾流水往軌道對面的隧道牆上瞧。

因為站的位置極邊邊，所以沒有廣告牆的遮蔽，能直接看到月台對面砌整齊的灰色水泥壁，哪兒有縫？真有縫他就立刻打電話給捷運維修部門來處理了。

「不是肉眼可以見到的裂縫。『泥犁』是梵語的『地獄』，『泥犁寸隙』就是指能連通人間、地府兩處空間的一處通道，用更科學點的術語解釋呢，就類似蟲洞那種能連接兩個不同時空的狹窄隧道……蟲洞你懂吧？時空隧道……」

「連『蟲洞』這樣的專業名詞都能搬出來，你這神棍也太會掰了吧？」白霆雷不太相信啊。

「這隧道的某處空間密度稀薄，不巧的是，每日裡都有金屬車廂經過行駛個幾百次，把長形車廂想像成一把刀刃，日積月累對同一片薄薄的空間施以機械性的傷害，你說，會發生什麼事？」

白霆雷想像不能，事實上，他腦子裡根本沒有想像力這一個區塊。

「因為密度不夠，造成該處的空間被撕裂，因而產生縫隙，也就是洞。」張聿修猜出來了，「連接此世與彼世的洞，跨過那個洞，就能前往另一個空間，那或者是地獄任何一層地獄，也或者是另一層福地洞天！」

「你們是說，前往異次元的洞！？」白霆雷終於茅塞頓開。

「沒錯，金屬帶煞氣，古代常以寶劍來逐妖辟邪，正是藉助於金屬能劈斷陰陽的力量。」語調下降，森森冷意恫嚇人心，「……所以葵南車站最會鬧鬼，身為鬼事調查組一員的你，翻翻過去的卷宗就知道了。」

白霆雷雞皮疙瘩都起來了，他整理過鬼事調查組的檔案，其中關於葵南捷運站的超自然事件多不勝數，比如說，當日最後一班車次駛離後，維修部的員工還能聽到巨物於軌道上拖行；要不就是偶有幾位乘客目睹幽靈於月台上飄來飄去，接著軌道上出現可怕的黑洞，將幽靈給吞噬。

他還想起某檔案上記載的事。

「啊、三年前曾經有人吃完尾牙後在這裡失蹤，家屬懸賞高額獎金找人，三天後那個人出現在城隍廟，受到了不小的驚嚇，一直嚷嚷著去了地獄，難道……」

「那人喝了酒，迷迷糊糊看到洞就跳進去，這裡的寸隙直通地獄，他因此闖入陰曹，最後是小白小黑送他回來的。」

這時白霆雷注意到月台黃線後的警示燈亮了，表示有車進站，於是好心提醒，「退後些，神棍。」

「安靜，我找到了！」鍾流水突然低喝，指著鐵軌正上方的空間。

白霆雷探頭探腦看，但什麼也沒看到，接著又懷疑起來，「要空氣裡真有個洞，早就上橘子日報了，看熱鬧的人更會把捷運站給擠爆，連霍金大師都搶著來，神棍你又唬我吧？」

「一般人看不到『寸隙』的存在，除了修道者、將死之人、或是陰陽眼，三年前那個人剛好就是個陰陽眼。」

白霆雷又驚又疑，轉而問：「你說過我是……陰陽眼，可是我什麼都看不到，所以……」

「等列車經過之後，『泥犁寸隙』會再次被拉開，到時你就看得到了。」鍾流水解釋。

車子緩緩進站，自動控制停止裝置讓車廂精準的於給定時刻裡停止於給定位置上，等候線上的旅客排隊上車，躲在月台邊角的三個人卻全無動靜，直到車廂再次駛離。

接著白霆雷真的看到了，他看見隨著車廂行進，一道飄浮在車廂玻璃窗口下方的鐵皮黑色縫隙逐漸伸開，就像大蚌殼緩緩伸開蚌口一樣，開口並不大，目測長度不超過一公尺、寬約四十公分，但隨著車廂離開，洞口又漸漸要縮攏。

「泥犁寸隙」開張時間有限，鍾流水背後一撈，一把桃花傘出來卡在洞口邊緣，擋住了縮攏的速率，鍾流水趁勢往裡頭跳入，張聿修見狀，也跟著跳。

「等等我！」白霆雷也跳了。

裡頭黑嘛嘛，白霆雷就像是在高空旋轉的滑水道裡飆滑水，整個情況大出他意料之外，他除了哇啊啊大叫外，就是忙著找神棍跟張聿修。

鍾流水的桃花傘在黑夜裡發出螢色桃紅的光，是深海裡的一隻發光水母優雅向下飄盪，卻在聽到了警察那淒慘的叫聲迴盪時抓住他的手。

這傻瓜跟著跑下來幹嘛呢？鍾流水心想，順手把人又往上方洞孔丟。

「為什麼又扔我！？好討厭的感覺～～」被鍾流水從「泥犁寸隙」扔出去，警犬的慌亂喊聲愈來愈遠。

他以狗吃屎的姿勢跌倒在水泥月台上，還很倒楣的撞到腿上傷口，忍不住唸了十幾句草泥

玖・隱跡泥犁寸隙，現形酆都孽鏡

馬，疼死他爹了啊！！

捷運站務人員都跑來關心他了，因為這人行動詭異，自言自語也不知道說些什麼，根據經驗，此人要嘛喝醉酒、要嘛精神失常、更說不定想跳軌。

對上站務人員疑惑的眼神，白霆雷只得掏出法寶，噹噹！警察服務證——

站務人員懷疑這張警察證是偽造的，說吧，哪個警察會神經病到來月台上摔跤？

「泥犁寸隙」裡，撐傘飄然，鍾流水正自言自語。

「你這隻受了傷的笨老虎啊，下地獄還不到時候。」

而地獄，在腳下。

泥犁寸隙雖然叫做寸隙，裡頭卻非常寬敞，張聿修跳入後，一股氣流左右了他的方向，很快他就跟鍾流水異向殊途，等眼前出現亮光時，他人正距離地面有好幾公尺，幸好他反射神經不錯，屈膝弓身，安安穩穩落到一片荒涼地上。

等了幾分鐘，卻一直沒等到鍾流水跟著掉下來，大概是寸隙的分流讓他們散開了。

一個人處在如此空曠的地域裡有些可怕，沒人，沒鬼，張聿修根本無法確定自己是否真到達了跟鍾流水一樣的空間，但是既來之則安之，他冷靜的觀察四周，耐心等待。

不遠處有幽暗的紅色燈光，那就像是一座燈塔，他想，莫非是陰曹地府所在？前去問問陰差是否有看見類似姜姜的人好了。

走著走著，蒼涼大地開始增添青翠的綠意，那是一種紅碧相間、茸密若地毯的密實矮草，踩踏幾步後，斷折的莖葉處竟泌出紅色的汁液，沾染上他的褲管。

「赤血草？看來我真到了地獄。」

張聿修知道這是一種名為赤血草的植物，據說是以地獄奈河裡的血水滋養而生，所以汁液裡滴滴是腥穢血汁，看來回陽間後，這條褲子非丟了不可；而抬頭望，悲鴉淒鳴，閻羅王曾經化身為烏鴉來躲避羅剎魔王的追殺，閻羅感恩，引進幾隻於地獄繁殖，順帶幫著吃些散布獄界的腐肉死屍。

前頭出現了一堵磚牆，同時間芬芳襲人，卻是一簇簇白色花朵逾牆而來，瓊玉花瓣上頭有露水晶瑩，卻是荼蘼。

倒讓張聿修驚異了。

按理說地獄裡無非是銅、是鐵、是石、是火，有路是黃泉，有河名奈河，唯一的植物就是赤

玖・隱跡泥犁寸隙，現形酆都孽鏡

血草，誰那麼法力無邊，居然種得出荼蘼？

繞過這道牆後，卻是另一堵山門，山門前空地寬敞，門上匾額五個古篆體，讓他倒吸一口氣。

「酆都天子殿」。

難怪有荼蘼，因為這裡是酆都天子的宮殿。

酆都天子，北陰大帝，號稱天下鬼神之宗，他原來是炎帝烈山氏，四千多年前曾與黃帝戰於阪泉之野。天庭嘉賞黃帝斬殺蚩尤、刑天，建立三界四方新秩序，因此派黃龍接他昇天，膺升中央元靈元老天君，而炎帝身為蚩尤、刑天的主子，天庭採取安撫政策，讓炎帝掌管酆都，主管冥司。

聽來風光，但酆都地獄的實權其實都掌握在十殿真君手中，酆都大帝有名無實，他不過是個變相被軟禁於冷宮的過氣君主罷了。

張聿修不懂這裡頭牽纏深刻的內情，看到是酆都天子殿，人整個都懵了，為了確認，又在山門外四處看了下，若說是天子殿，怎麼冷清若此？

穿過山門，丹朱色地冷清不堪，偌大宮殿什麼鬼都沒有，除了位於丹墀中央的一個巨大白色石頭，紋理頗似大理石，石頭四周散發著白煙，煙裡站著個熟悉的身影。

「姜姜！？」

正是姜姜，他本來正對著大石頭中央鑲嵌的一個大銅鏡作鬼臉，聽到喊，回頭欣喜招手，

「章魚章魚快來，這裡有哈哈鏡！」

酆都天子殿哪可能會放哈哈鏡這種東西？天兵大概又天兵了，張聿修比較關心的是別件事。

「抓你的人哪去了？」

「我醒來就在這裡了耶，奇怪，我為什麼會在這裡？啊、拿錯回城卷軸了！」

「……」無語凝噎。

姜姜對著銅鏡擺出好多姿勢，玩得樂不可支呢。張聿修卻是小心戒備，生怕無頭戰士會從哪裡冒出來，但四周唯有風聲淒厲，連隻鬼都沒有，他轉而想勸姜姜走人，卻發現鏡裡有個可怕的鬼影晃動，讓他心跳都停了一拍。

銅鏡裡的人影壯碩高大，銅額鐵骨，雙眼鮮紅猙獰，彷彿剛從殺戮戰場上廝殺回歸，全身戰意還蓬發著，舉手投足間皆散出武器一般致命的冷銳，而他頭上兩角鋒銳，這根本就是昨晚葉家裡的凶神再現。

玖．
隱跡泥犁寸隙，現形酆都孽鏡

「又來了！」他立刻準備要戰。

「哈哈鏡真的好好玩，看，我做什麼他做什麼。」姜姜說著說著學猴子蹦蹦跳，裡頭那鬼影也跟著蹦蹦跳，一致無二。

張聿修一點也不覺得好笑，也不是沒玩過哈哈鏡，但哈哈鏡頂多將人的影像拉長、縮短、扭曲，卻絕不可能這樣把人給轉換成完全不同的怪物。

姜姜拉過怔忡的張聿修，「章魚也來玩玩看……嘿、你變了，穿古裝耶！」

恐怖怪物只剩下半身，鏡面另半側則出現了位古裝青年，長相與張聿修差相彷彿，頭上戴如意道冠，藍緞道袍白襪雲鞋，卻是個仙風道骨的年輕道士。

姜姜看銅鏡裡兩個人的影像，好奇了，眨眨眼，裡頭怪物跟著眨，而張聿修摸自己臉的時候，道士也摸摸臉，銅鏡內外的動作的確是同步的。

張聿修沉吟了起來，這鏡子有很大的古怪……

「……這是孽鏡，跟奈何橋邊的三生石有相同的效果。」溫和如春水的陌生男聲於他們背後響起，「又稱照妖鏡，一般用來照妖、辟邪，除此之外，還能遙視地獄任何一處。」

兩位同學忙轉頭看，發現說話的是位氣華清貴的俊美青年，一身素白濡服纖塵不染，眉梢眼角如沐春風，那嘴角永遠都是微勾微勾的，維持著淺淺的笑容，激不起人的敵意。

姜姜看看孽鏡、又看看青年，問：「你家的鏡子？」

青年點點頭，反問：「你們不是鬼……『泥犁寸隙』來的？」

「是。我們誤入地獄，現在要前往秦廣一殿，請鬼卒送我們回陽世，所以……」張聿修忙解釋兩人侵入酆都天子殿的理由，因為白衣青年氣質不俗，說不定是這裡的官員。

青年微微一笑，轉而問另一個人，「你叫姜姜？」

「我還有個外號是威霸傲天下，他是章魚，又叫蓋世天尊。」

張聿修臉都紅了，那麼囧的花名大剌剌拿出來也太丟人現眼了。

青年的注意力全在姜姜身上，說：「你這孩子很漂亮，母親想必是大美人。」

姜姜對母親的印象很淡薄，歪頭想了想，答：「大家都說我長得像舅舅。」

青年還想說什麼，張聿修卻不想在此多逗留，忙問：「我們想立刻回到陽世，這裡既然是酆都天子殿，離十殿應當很近，能否指點明路？」

「出山門後沿左邊牆壁小徑而行，能接上黃泉路，相信很快就能碰上能幫忙的鬼卒。」

姜姜突然說：「這裡應該有寶物，不帶點寶物，就不算完成任務，我威霸傲天下會很丟臉耶。」

「現在不是玩網遊出任務，沒有寶物。」張聿修忙提醒，這天兵可以不要那麼天兵嗎？

青年一笑，解開隨身攜帶的織錦繡袋，掏出塊兩寸見方的琥珀，放在姜姜手中，「遠來是客，我就送你樣東西。」

「這法寶太貴重，我們不能收。」張聿修說，那琥珀通體黃澄晶瑩，就算沒有辟鬼的作用，拿到市面上也是價值不斐的有機寶石。

青年微笑，「請務必接受。」

張聿修想想，人家贈物的對象是姜姜，不是他，該由姜姜作決定才對，不過嘛，以天兵的厚臉皮而言，禮物絕對多多益善。

果然姜姜很大方把琥珀給收到口袋裡去了，還說：「叔叔你是好人，欸，我住田淵市群青巷的桃花院落，來找我玩哦，我請你、不、章魚會請你吃大餐。」

「田淵市群青巷？好、我記住了。」青年點頭，表情益發和煦。

張聿修跟姜姜遠離後，青年還負手站在孽鏡前，金屬戰靴踩踏地面的喀喀聲由遠至近，最後停在他身後。

「剛剛那孩子真是……」青銅盔甲戰士問。

對於一個脖頸上頭有斷層，懸浮著空殼頭盔的戰士居然能發聲說話，青年沒任何訝異。

「鏡裡照出了那孩子的本來面目，正是我們期盼已久的人。」輕笑，「蚩尤齒被人間的內鬼偷走後，我還怕被天上發現真相，沒想卻因禍得福，讓你找到了他。」

「大隱隱於市，桃仙這招真的高明。我在田淵市看到他的時候，還以為看錯了，但是他用來殺了骷傀的花雨漫天卻是桃仙才會使用的招術……」

「他沒發現你的身分吧？」

「屬下非常小心，奪回蚩尤齒跟那孩子後，立刻躲入泥犁寸隙。」戰士頓了頓，又說：「那孩子也十六歲，差不多該覺醒了。」

青年微笑：「找回了蚩尤齒，琥珀也物歸原主。田淵市群青巷底的桃花院落，你去吧，到他覺醒前這段時間，不能出任何差錯。」

「是，我主。」

戰士離去，青年繼續看著孽鏡，鏡裡鏡外的他，沒任何差歧。

玖・
隱跡泥犁寸隙，現形酆都孽鏡

姜姜跟張聿修離開酆都天子殿後，很快接上鋪滿赤血草的黃泉路。

根據張聿修對地獄的了解，黃泉路會通往地府第一殿秦廣王處，入口必有鬼卒把守，活人誤闖地獄，肯定會送回陽間，有些被嚇的不輕的活人還會被給與少許孟婆湯喝，幫助他們忘記這段恐怖的地獄遊記，回地面上後才能好好繼續過生活。

黃泉路比想像中還來綿長，兩人走了很久後都還沒看到任何建築物，身邊的鬼漸漸多起來，全對他們投以貪婪的眼光。

「章魚章魚，我腳痠了。」姜姜同學這時卻厚顏無恥地要求，「揹我。」

「可以不要嗎？」張聿修說，總覺得不該讓天兵養成予取予求的壞習慣，對他不好，對自己也不好。

「可以，但回去後你要請我吃冰。」

懂得趁火打劫，這天兵其實也不太笨，張聿修答應了，反正他口袋裡的零用錢豐裕，姜姜想吃十碗冰外帶一份牛排大餐都不成問題。

姜姜又異想天開了起來，「欸欸章魚，你說這裡會不會有個副本大Ｂｏｓｓ？我還想撿寶物……」

「這裡是地獄，不是地獄Online。」

姜姜很失望呢，難得來地獄一趟，只撈到一顆小寶石，虧大了，長吁短嘆個不停，突然張聿修神情緊張往左邊方向看，荒涼大地上不知為何煙塵滾滾。

竟然是一大群鬼！

張聿修心中暗暗叫苦，最後採取了人類遇到危險時，最常使用的戰術——

「姜姜快跑！」

姜姜還搞不清楚狀況呢，見張聿修跑，只好也跟著在長滿赤血草的道路上奔跑，免得吃不到那碗勒索來的冰。

他邊跑邊好奇問：「鬼為什麼追著我們跑？他們愛上我還是愛上你？我比較喜歡魔法少女小圓……」

張聿修青著臉，「那些是地獄裡餓了很久的鬼，聞到生人肉香才追來的！」

這些鬼原都是些陽壽未盡死於非命之人，還不能進入幽冥之獄接受審判，更無法重新投胎轉世，暫時於黃泉路上浪蕩，長期未進食的它們久而久之成了餓鬼，當嗅聞到生人的香氣時，讓它們起了撕裂血肉的渴望，因此全都蜂聚而來。

姜姜忍不住又多回頭看了幾眼，邊跑邊說：「打倒他們，Boss 就現身了吧？」

張聿修淚，說幾遍了這裡是地獄，不是地獄 Online。

後頭的餓鬼窮凶極惡擠擦著來，漫天是撕扯碎散的草葉，紅色草液噴灑，冥途裡下起了憂傷血雨。

姜姜跌跌撞撞的跑，聞到焦乾枯朽的皮膚臭味近在咫尺，於是哇啦哇啦叫喊，「我是威霸傲天下，他是蓋世天尊，你們別再追了……我說別追了聽到沒？我生氣了、真的生氣了喔，蓋世天尊，這些小鬼就交給你了，等你搞不定的時候我再出手。」

「……謝謝你喔。」

姜姜果然是自己命中的瘟神，說吧，他張聿修才十六歲就跑來地獄了，還不知道能不能平安回家……

停步轉身，察看四周形勢，孤魂野鬼將他們給圍繞了起來，自己可沒把握能以一擋百，最後嘆了口氣。

「……我打開一條路，姜姜你先跑吧，往前就是幽冥地獄的入口，有守門鬼卒送你回陽世。」

「胡說八道。」姜姜拍拍自己胸膛，「我當你靠背，靠吧。」

張聿修終於瞭解到，天兵不管放那兒都危險，更別說獨個兒去找出路，看來還是自己看著保險些。想到此，也不敢灰心喪志了，立刻於掌中寫下五個雷字，蓄勢、待發。

餓鬼灰黑的皮膚緊貼著骸骨，無神的眼睛帶一些渴望，張聿修與姜姜兩人身上的陽氣對它們就如同指引方向的陽光，而它們很久沒見到光亮了，佝僂著身體骨架子，一拐一拐的往他們來，嘴巴滴滴答答掉口水……

「雷厲光！」

呼喝，雷矢先往前路急射，張聿修打算先用雷厲光打開出口遁走。

前頭的野鬼被雷砲一沖就往兩旁倒，這在密密麻麻的鬼群中產生了保齡球效應，趁著鬼眾們往兩旁東倒西歪嘰嘰啾啾叫罵時，張聿修拉著姜姜踩著已經倒在地下的鬼往前跑，但鬼還是愈聚愈多，多到足以讓張聿修產生密集物體恐懼症。

眾鬼再度逼近，張聿修咬破舌尖噴出混著口水的血陽真涎，一噴就讓前頭鬼們尖吼並倉皇倒退，但是後頭又一排鬼爬過來了。

玖・
隱跡泥犁寸隙，現形酆都孽鏡

體。

陰風慘慘，寒冷燐火自它們身上噴吐，惡蟲毒蠅跟著湧出，它們唯一目標就是吞噬活人肉

張聿修再度預備咬舌，來吧，看是自己的血先盡，或是眾鬼先罄……

忽見前頭一盞粉色燈火冉冉幽幽，有人藍衣飄飄如夢似幻站在紅綠相間的草葉上，一盞桃紅花燈托在他掌中，燈罩是一朵碗大的桃花半開，形似菡萏，花心散出的光芒粉嫩幽微。

那人微哂：「壯觀哪，這麼多鬼，害我都餓了。」

「唉呀舅舅你來幹什麼？章魚一個人就搞得定了。」

「我說姜姜，你哪一隻眼睛看見章魚同學搞得定了？」

【第拾章】

鬼事顧問、零參。蚩尤齒。

蠹蟲蠹春秋史，

奪谷奪英雄志。

「我說姜姜，你哪一隻眼睛看見章魚同學搞得定了？」鍾流水笑容輕綻，語話狹戲。

姜姜理所當然地回答：「兩隻眼睛都看到了啊。」

「說了多少次別躺在床上看漫畫，終於近視眼了吧。」

「噢。」

「突然想起……」鍾流水看著一堆鬼物，忍不住舔舔舌頭，「我有兩個月沒吃過像樣的鬼了……」

呵呵、真棒啊，從這些鬼身上冒出的鬼氣，比瀝青、臭雞蛋、或是發霉的濕土還要臭上個幾十幾百倍，這對於活生生的人不啻為一種最恐怖的肉體折磨，對鍾流水而言卻是珍饈。

桃花燈陡地煌煌大亮，那光裡澎湃出一股龍捲氣流，夾帶濃郁的桃花香風撲襲眾惡鬼，讓他們全往後翻滾了好幾圈。

然後鍾流水從容問張聿修：「你剛剛使用的是玄奇門雷厲光？不太對啊……」

張聿修汗顏：「我領悟力低，給家門丟臉了。」

「方法不對。」鍾流水搖搖頭。

張聿修一愣。他個性嚴謹律己，父親教導的東西他都是按部就班來修習，打出的雷厲光除了威力跟父親不同之外，心法動作步驟是一模一樣的，怎麼鍾流水會說自己方法不對？

「上古巫者降妖除魔，都是直借天地陰陽之力，非如此不足以殄滅怪譎凶物。後世強大妖物逐漸稀少，符籙神咒則漸趨花俏，實用的少，如今玄奇門傳下的雷厲光，不過是拿來表演給信徒看的掌心雷而已。」

「我見過父親使用雷厲光除魔數百次，攻無不克，鍾先生貶低我玄奇門了。」

鍾流水微微一笑，「真正的雷厲光還需配合金光咒，此咒在數百年前早已失傳。有法無咒，徒生光華，所以我說如今玄奇門的雷厲光不過是表演用的把式罷了。」

張聿修大驚，沒錯，施展雷厲光的確有相應配合的咒語，但咒語早已佚失幾百年，後來玄奇門人另闢獨特心法來代替咒語，只是，唯有玄奇門嫡系子孫才知道的祕密，鍾流水如何得知？

兩人談話的期間，餓鬼們又前仆後繼來了，各式陰暗蛆蟲不斷由它們的七竅飛出，聲勢浩大直如蝗蟲過境。

「舅舅、蟲！」姜姜手舞足蹈哇哇大叫。

「花雨漫天！」不慌不忙鍾流水。

沒掌燈的那隻手迴繞一圈，數千朵桃花由地下飛出，每片花朵都像長了眼睛似的直朝蟲子飛去，一碰上後便牢牢包覆住後掉落地面，一朵花就是一顆砲，蟲子在閉合的花瓣裡逃避無門，砰砰砰幾響，所有花朵爆炸，灑一地蟲子的碎屍。

姜姜又有話說了，「舅舅你總是耍老招，我都看膩了，章魚的雷厲光比較厲害，金光閃閃瑞氣千條耶。」

鍾流水輕哼一聲，邊灑花又邊對張聿修說：「掌心雷不過是藉由手中雷符打出雷電，但玄奇門的雷厲光之力出於氣海，兩者效果不可同日而語。」

「氣海，不就是丹田嗎？」張聿修知道氣海就是任脈穴，位於下腹部，道家視臍下腹部為丹田。

「人體內有陰陽二氣日夜循環，陰陽相合為雷，雷之力在氣海。」鍾流水指指著自己肚子解釋：「《山海經》有云，雷澤中有雷神，鼓其腹部則雷也。這就是說，丹田為聚雷之海，以金光咒引導雷氣，雷隨氣烈，無堅不摧。」

餓鬼們再次衝來，吞滅敵人成了它們唯一的想法，天地搖動，惡臭嘴巴噗哧噗哧搧出硫磺似的氣息，那氣息又跟剛才的蟲子不同，飛舞的桃花一碰著都被凍成冰，接著掉落地面，碎裂的輕脆聲叮叮噹噹。

拾・
蠹蟲蠹春秋史，奪谷奪英雄志

鍾流水並沒有正面要跟餓鬼們衝突的打算，卻只是輕鬆的步罡踏斗，不停指導著張聿修。

「『雷』字怎麼寫？」

張聿修雖然在心裡吐槽：這什麼怪問題？但他還是認真回答：「上雨下田，但寫於符咒之中可能簡化為雨或田，下頭延伸出兩根盤旋的線條代表閃光，用以震懾妖怪消除魔障。」

「每次打出雷厲光之前都得連寫五個雷字，很累吧？」

「是……但此為心法一部分……」

鍾流水邊玩捉迷藏邊從容問：「你有沒有想過，真正的『雷』字怎麼寫？」

「這……」

張聿修回想起小時候的基礎語文教學，「雷」這個字原來是個象形字，一條長筆畫是閃電的形貌，左右加上兩個田還是回的圖案，不知是代表田地上有落雷，又或是雷聲回還不絕。

鍾流水舉燈的手晃動，燈光殘影映出「之」字線條，正是甲骨文裡閃電的象形。

「這才是真正的『雷』符，凝於丹田出乎掌，咒曰：『體有金光，役使雷霆，鬼妖喪膽，精怪忘形，急急如律令！』你試試看。」

「現在？」

張聿修不敢相信自己的耳朵，鍾流水這是開設「手把手教你殺妖怪」的課程嗎？

「有那麼多現成的靶子讓你練習，可遇不可求。快些，我昨夜受過天雷，元神尚未復原，『花雨漫天』術無法持久。」

「就怕……」

姜姜立刻拍拍同學肩膀：「我知道舅舅的意思啦，他常說人有無限潛能，你加把勁，把能力提升到百分之兩百，就能跟我一樣厲害。」

張聿修心裡有千百匹草泥馬呼嘯而過，擠出百分之二百潛能，這不是要他鞠躬盡瘁而後已嗎？他後悔跳入「泥犁寸隙」了行不行？

這個鍾流水還真的是打著即席教學的主意呢，人躲得遠遠地叫：「快，氣海中凝想雷符，咒發，引雷順臂出掌心！」

惡鬼飛來，張聿修也只能硬著頭皮上陣。

他其實根柢好，人聰明，被鍾流水那麼一提點，立即將元神集中於肚子處，凝成之字雷符，就覺得渾身顫抖，源源不絕的熱氣亟欲衝體而出。

「體有金光，役使雷霆，鬼妖喪膽，精怪忘形，急急如律令！」

剛唸完咒，就覺得丹田處往心臟湧出熱流，他自然而然舉臂伸掌要抒發那痛熱，心中元神化成雷鏃穿出，手掌好像當場都被融化了，耳裡聽得萬雷奔騰，絢爛金光噴湧而出，他忍不住大吼出聲，聲音又化為雷鳴助益雷光，黑霧都被震散。

眾鬼們要逃走已經來不及，充滿毀滅氣息的雷光罩住他上下左右四方，往哪裡撲騰閃躲都不行，霹靂巨響裡鬼靈被雷光炸的支離破碎。

天開了，地獄原有的幽光再現。

張聿修腦袋空白了好半晌，他有個錯覺，好像自己整個靈魂都被抽離了體內，這雷鏃根本就是他的靈魂，回過神後腳步虛浮，隨時都要昏倒了一樣，忙看向鍾流水，或者對方有另一番指示。

鍾流水果然有話要說，「唉呀，忘了提醒你留幾個別炸壞，我撈幾枚鬼眼吃吃……」

打退餓鬼的熱勁退潮，張聿修全身冷得發毛，這鍾先生難道還自比為吃鬼鍾馗嗎？比起來，還是天兵姜姜好應付得多。

回頭找人，傻眼。

「你、不是說要當我靠背？」

姜姜同學站在離張聿修起碼有二十公尺遠的地方，一聽問，立刻跑回來嘿嘿笑：「章魚你這雷厲光比舅舅的花啊雨的好看，一招把鬼都打死了，輪不到我出手。」

「……託你的福。」張聿修真的不知該說些什麼了。

姜姜又對舅舅說：「這裡一點也不好玩，帶我們回家。」

鍾流水甩手又變出一盞桃花燈放在姜姜手中，這燈相當奇特，燭芯就是花朵裡的花絲，花藥燃燒小小的火光，無論怎麼晃動，燈總不熄。

他指著黃泉路的盡頭說：「這燈能驅鬼，你們只管提燈走到路的盡頭，跟鬼卒說你們誤闖田淵市的『泥犁寸隙』，他們會連絡小黑小白護送你們離開。」

「舅舅你呢？」姜姜睜著晶晶亮亮的桃花眼問。

「我難得來一趟地獄，順便辦些事。」又語重心長對張聿修說：「照顧好姜姜。」

鍾流水轉身踩踏赤血草離去，藍影愈來愈模糊，最終只剩他手中一盞溫柔的粉色光芒，悠悠蕩蕩。

人間白天有日、黑夜有月，地獄裡卻時時刻刻維持著幽光暝晦，氣溫終年低冷，不適合居住，卻是懲罰鬼犯的最好地點。

鍾流水收起了他的桃花燈，不去陰司裡與冥吏們閒磕牙，卻往與地府反方向的遼闊荒涼大地行去，那裡陰暗貧瘠，黃土地面長不出任何植物，偶爾可見迷路的遊魂，但就像是飛蛾要撲火，它們總會受到赤血草的色彩吸引，回到黃泉路上晃遊。

隨手抓了一隻鬼，唸咒讓鬼魂縮小成一個小光球後就塞入懷中，然後他飛一樣的飄盪，黑暗陰森的景物自身邊倒退遠走，直到地表盡頭一處斷裂的狹長峽谷為止。

這裂谷深不見底，裂口上寬下窄，就像是有鬼斧往下橫切，造成了觸目驚心的撕裂傷。

「奪谷……」鍾流水喃喃說出此谷之名。

站在奪谷邊緣朝下看，裂谷兩側懸崖斷壁高聳。

這個奪谷連鬼魂都不敢靠近，因為谷底有吃鬼的土伯據守，若失足墜落就會被吞吃的乾乾淨淨，什麼投胎轉世啊都不用想了。

谷底傳來可怕的淒厲呼嘯，就像底下有戰鼓嘈嘈旗幟獵獵，千軍萬馬正於底下廝殺，但這其實不過是疾風急掠過山壁所擦出的聲響。

「不想走路了，偷個懶吧。」

然後——

他跳了。

各位看官，他真的跳了，沒有特意翻騰轉體三圈半，他就是這樣瀟灑的跳下去，彷彿谷底有的並非怪石嶙峋，而是一汪靜謐的湖水，或者綠草如茵的平原，他是優雅愜意的藍色蝴蝶。

谷太深，到達谷底尚有些時間，他忍不住哼起了小調。

「我的字典裡沒有放棄，因為已鎖定你……」唱完兩句他發愁了，「……什麼時候學會了這首歌？因為姜姜每天洗澡的時候唱，我魔音穿腦了？」

啊、好難解的謎題呀，不想了。

左手打出一把桃花傘，但因為這回墜落的距離太長，柔軟的桃花傘瓣不太給力，驚人墜勢只稍減了減。

幸好，他是誰？他可是從容高貴的資深妖孽，舉步飛仙這點兒小事難不倒他。

右手劍訣，於頭上書寫一「飛」字，往下寫一「浮」字，吸東方氣一口，口唸飛浮獨勝咒。

「欲能飛步，雲襯不停，急急如律令！」

那吹得耳朵發疼眼睛流淚的陰風急速盤旋到他腳下，形成一股托侍的力量，有效減緩了他的墮勢。

這飛浮術原本是仙人渡水用的，唸咒之後，只需折取草木丟到江湖河海之上，就能輕鬆踏水而過。

當初達摩一葦渡江，用的也是類似的法子，不過鍾流水此刻不是踏水，所以兼用了風藥獨勝術的神行效果，才能逍遙快意的御風而行，像蒲公英種子飄蕩，直到腳尖終於碰觸到了實體地面上。

收傘就聽到喀喇喀喇聲，像踩到了好幾顆花生殼。

昏暗裡提腳瞧，人字拖鞋下有好幾具扁扁、流透明體液的白色蟲屍，皺眉，倒是忘了奪谷的特產食屍蠹魚。

這蟲外形與蠹魚相似，體形卻更大，因為終年處於黑暗地底，所以體色與眼睛都退化了，只餘嗅覺對於腐屍特別靈敏，牠們生於奪谷，有些還會通過泥犁寸隙往人間去，專吃埋於地下的人屍腐肉。

跺跺腳，食屍蠹魚學耗子一樣躲開了，他身上的桃木仙氣最讓這些小蟲們討厭。他又仰頭看，辨識出自己落在寬約數公尺寬的山道之中，兩旁峽壁挾著千萬鈞的重量下壓，彷彿下一刻就會將侵入谷中的外客給擠扁。

一簇幽光亮起，鍾流水再度掌起了他的桃花燈，桃紅色光芒溫暖浪漫，減低了環境裡的詭譎氣氛，他緩緩往窄道末端去，兩旁開始出現一個一個的孔道，透出的陰冷潮濕比地獄中的任一層地獄都還要獰怖。

走到底端處一個低矮的小洞，高度僅及他腰部，他蹲下身朝裡喊：「土伯、土伯——」連喊十幾聲後，洞裡有了動靜，洞口上頭的小石沙沙掉落，然後又是一堆食屍蠹魚竄出，前頭遇到鍾流水擋著，牠們就自動自發分往兩旁，活像人家是座分水嶺。

食屍蠹魚跑光之後，洞裡有大物匍匐，先是一對牛角刺出，接著是顆獸頭，壯碩如牛的龐然軀體在通過洞口時有些吃力，肩背擠擦著粗糙的洞口邊緣，又刷下了些許碎岩，但這怪物皮粗肉厚，本身完全沒受到損傷。

怪物牛頭人身，全身漆黑，有猩猩的手爪，牛一般的腳蹄，頭上卻長了三隻眼睛，皮膚顯示乾涸泥土的粗糙斑駁感，沒有衣物蔽體，只在手腳及腰上各纏上幾根粗糙草繩，乍看頗有泡沫經濟後興起的反消費主義雛形，又有種拋開人工製物親近自然草木的自然主義思想的體現。

怪物爬出來後，伸臂抓出幾隻逃的不夠遠的食屍蠹魚往嘴巴送，蹲在洞口喀吱喀吱咀嚼起來，看都不看鍾流水一眼。

「土伯啊，好久不見了。」鍾流水打著招呼。

土伯嘴裡繼續喀吱喀吱，問：「你臉上那什麼東西？」

鍾流水摸摸臉上的蝙蝠紅印，「奈何橋邊收的小東西，她就愛待在那裡。挺美的對不對？」

「讓我吃掉會更美。」土伯邊說邊摳著卡在牙縫裡的蟲殼：「我吃膩蠹魚了。」

幽怨且酥人心骨的女聲傳來：「不要啊主人，千萬別拋棄奴家～～」

土伯臉色動了動，「聽來是個尤物啊，讓她跟了我吧。叫什麼名字？」

「見諸魅。的確是個尤物，捨不得給人。」鍾流水從懷中掏出不久前隨手抓的那個鬼魂遞過去，「這給你吧。」

被喚作土伯的怪物總算有了表情，一把搶過就往嘴裡塞，那魂體就像是顆彈性極佳的口香糖球，土伯嚼得滿是專心，幾秒鐘後才將之吞到肚子裡。

「怎麼不多帶點過來？」土伯終於開了口，語調渾厚穩重如大地低沉的回音。

「只碰上一個。」其實他剛才叫唆張聿修打死了幾百個呢，「別以為我在外頭混得很好，自從鬼門關挪作他用，天庭派閻羅、秦廣重整新地獄之後，權限遞嬗，我也有名無實，全看人臉色行事。」

「你一肚子鬼，沒人敢動你。」土伯順手又捻了隻食屍蠹魚往嘴巴送，邊吃邊說：「……可憐的是酆都殿裡的那位，看來風光，實則動彈不得……」

「你說炎帝？不、現在稱為酆都大帝……」鍾流水瞥了他一眼，「他很安分……對、不安分也不行，跟你一樣啊，土伯……」

土伯冷笑，「過去事別提。我倒想知道，這裡是比抽筋扒骨十八層地獄還要恐怖的奪谷，我在此地當了獄卒幾千年，可從沒見你來探過誰的監。」

「我就問問，這幾年有誰從奪谷出去了？」

「裡頭關的都是曾在人間掀起腥風血雨的凶悖之魂，十殿陰王能放哪個離開？」

鍾流水當然知道奪谷是個什麼地方。

人死後到地獄，先往第一殿秦廣王處秤量生前善惡，善人直接投生，功過相抵者則往第十殿去發放，至於罪大惡極者，則發配地獄去接受懲罰，這其中若有強悍的凶靈，則被關入奪谷，永遠不得超生。

聽來奪谷是個好地方，起碼不用挨上地獄裡那些聳人聽聞的各式形罰，但是，所謂「三軍可

拾・
蠹蟲蠹春秋史，奪谷奪英雄志

奪帥也，匹夫不可奪志也。」一入奪谷，身體被禁錮，凶魂神志是清醒的，能感受時光於身邊流逝，但卻哪兒也去不得。

一年兩年、千年萬年，志向尊嚴皆被奪取，無以止盡的絕望將一點一滴耗磨掉靈魂的活力，比死了還痛苦。

「……我懷疑十幾年前，有凶悖之魂從這裡逃脫，重新投胎……」鍾流水說這話的時候，緊緊盯著土伯。

土伯連根毛都沒動，隨口答：「凶悖之魂全被金剛冰雪凍結，除非擁有十殿陰王的九幽燈來引路，誰進了去都眼盲，就算想要破冰救人，少了中央元靈元老天君的那把軒轅劍，也是痴心妄想。」

鍾流水掏出一顆圓潤潤的珠子拋甩，「瞧瞧這是什麼。」

土伯抬了下頭，位於額間的橫眼瞬間閃了一下，他那第三隻眼擁有比一般陰陽眼更犀利的透視力，這麼一掃描就了然。

「製作九幽燈的明月靈珠……早該知道你不會空手來。」

鍾流水促狹地笑了，的確是他不久前從金絲蛇妖那裡勒索來的明月靈珠。

「都認識了幾千年，你就是不肯承認我行事嚴謹。好了，讓我參觀一下牢房……就看看，我不多做什麼。」

「諒你什麼也不敢做，天庭律令嚴苛，想想灼華那件事……」土伯頓了頓，問：「你來，難道是為了那孩子？」

桃花眼水水一瞟，卻是冰刀般寒過冷氣，「……不關那孩子的事。讓我進去。」

「有違律令。」土伯說。

「想跟我打一架？」鍾流水呵呵一笑就要往洞裡鑽。

土伯不動，從他身上突然飛出九道長條黑影往鍾流水纏去，鍾流水往上翻身彈飛，成頭上腳下的姿勢落下，手中桃木劍驀地現身出手，劍尖直指土伯腦門。

那九道長條黑影反應也快，全體一致朝他繞彎，在劍尖刺入土伯腦門時，齊齊纏上暗紅色劍身，讓劍再也動彈不得。

這九道黑影原來是纏繞在土伯身上的九條繩子，傳說土伯身體成九曲狀，其實指的是他身上九根比手還靈活的繩索，能隨他的意念攻擊任何想要侵入奪谷的敵人、或是替他抓取逃亡的鬼魂後直送入口。

鍾流水當然知道繩索的厲害處，乾脆放棄桃木劍飛開，從頸後摸出幾根桃枝往土伯身上致命處扔，土伯飛來一根繩索打掉暗器，再往鍾流水浮在半空中的身體竄去。

鍾流水踩上了繩子，借繩子之力往土伯彈過去，大喝：「萬鬼敵，滅邪精！」

桃木劍嗡嗡作響，突然間暗紅光芒大盛，繩索爆開，桃木劍獲得自由，鍾流水凌空御之，劍尖再度直指土伯要害。

土伯終於動了，卻是遁往土裡去，他遁入的速度之快，簡直就像是灘爛泥化入了孔洞之中，而孔洞又在淹沒他的頭顱之後自動填補，彷彿這地未曾開過。

鍾流水目標一空，空中翻了個身繞去，知道地下必有古怪，果然第下猛然鑽出九條繩索，結成一張網要攔阻劍勢，土伯的繩索居然可以無限再生。

劍與網交觸的瞬間又是一聲雷暴，桃木劍彈回鍾流水手裡，斷裂的繩索紛紛掉在地上，土伯這才從地下冒出一顆頭顱來。

「來真的？」

「先認真的是你。」神棍不忘初衷，「都打了一架，就算有誰問起，你也交代得過去。讓我進去。」

「雖然不分勝負，但看在你抓鬼給我吃的分上，就破例吧。」

「呵呵，身為啖鬼一族，你我都無法抗拒鬼魂的美味。」

鍾流水說著就推開土伯往那洞裡鑽，他身形不像土伯那樣厚壯，微彎腰就竄進去了，撲面一股冷氣讓他打了個哆嗦，差點兒打了噴嚏。

洞口愈來愈小，轉折迴繞如同迷宮，腳底下還時不時傳來清脆的喀啦喀啦聲，想也知道他每走一步，就有多少食屍蠹魚死於非命。

藉著手中的桃花燈，彎彎曲曲繞行在腸子一樣的地道裡，這裡給人一種錯覺，他就像是被奪谷吞噬的小蟲子，拼了命的往前鑽，視力、體力與靈力都在鑽爬的過程裡被吸收，而愈走愈縮小的迴腸小道還打算將他擠壓成渣滓。

「嘖、我這不成了糞便還蛔蟲！？」鍾流水被岩壁擠得受不了，開始鄙視起自己的想像力了。

終於到了腸道、不、地道末端，那裡除了石頭外，什麼都沒有。

他放下燈，敲敲牆壁故技重施，左手三山訣、右手劍指於壁上畫了個透壁符，口唸穿山透壁咒。

「玉山壁連，薄如紙葉，吾劍一指，急速開越！」

什麼動靜也沒有，鍾流水嘆了口氣，不愧是奪谷裡的封閉區域啊，普通的穿山透壁術根本不管用，想了想，咬破手腕動脈，血液潰濺上石壁，恰似一樹桃花映畫屏。

「玉山壁連，薄如紙葉，吾血破城，急速開越！」

桃仙為五木之精華，木能生火，所以陽氣熾烈，這血液比人間某警察的四陽聚體根本就不是同一個檔次的，所以拿來應付陰氣沉重的地府蔽物。

霍霍震響，壁面就這樣從中開啟，凜冽冷氣由洞口呼嘯而出，洞後彷彿是個殺意濃烈的空間。

「真不是觀光旅遊的好地方。」他嘟囔著拾燈進入，隨手撕了衣角來包裹手上傷口。

手中的燈火無預警的熄滅了，像是被哪來的鬼怪給吞吃了那道火焰，他陷入伸手不見五指的黑暗。

鍾流水早有心理準備，這裡是地獄的最核心處，以純粹又深厚的黑暗所構築，侵入的光線會全數被黑暗給吞吃掉，是真真實實的黑洞，從地府成形之後就開始存在，任何燈具在此地都是廢物。

除了龍族或蛇族的明月靈珠。

明月靈珠的靈性能讓光亮被掠奪的速度減緩，也就是說，靈珠所發出的光亮雖然同樣會被這裡的黑洞給吞噬，但在被燼滅之前能維持一小段時間，至於能維持多久，視靈珠裡頭所含有的靈力而定。

他拿出靈珠，粉嫩晶瑩的光芒漸漸由手中擴散，但這裡的黑暗是根深蒂固的，即便是靈珠，也只替他爭取了約六尺直徑的光源，他發現自己應該正站在一個寬廣的地室邊緣。

踩著萬年不融的冰前進，兩旁的石牆漸漸由冰壁所代替，突然間一個脹大的恐怖面目出現在光源映照的範圍裡，這讓就算已閱歷無數鬼怪的他也忍不住抖顫了一下，下意識退後了兩步，怪獰的面目卻未再逼近，連點兒想追來的聲響也沒有。

他定下心往前又去到冰壁旁，終於發現那冰壁厚達數十尺，剛剛看到的臉孔卻是個高大的怪人，蛇身朱髮，維持著一種凶暴的態度被凍結於冰中。

鍾流水認出他來，炎帝後裔共工氏，欲推翻黃帝子孫顓頊，奪取主宰天下的位置，最後撞倒撐天的不周山，永眠於亂石之下，實乃罪大惡極之輩，靈魂因此被判囚鎖於奪谷之中。

就只看了這麼一會兒，身周的光源就往內減縮了一、兩寸，寒氣沁骨，鍾流水的頭髮眉毛於幾秒內凍僵了，他抖抖身子，震掉髮梢睫毛上的冰霜，流轉體內陽氣卻覺得有些吃力，腳也軟了。

才剛想往前走，身體傳來劇痛，一看，自己皮膚居然凍成了青藍之色，還有幾處裂開了，那裂口相當奇特，成十字形，四瓣血肉外翻的形狀恰如蓮花外綻。

「看來地獄十王把夜蓮花陣給藏在這裡了……」

夜蓮花，是靛藍色或黑色的蓮花，此陣名字聽來優雅，卻是地府專門對付仙魔妖道的特殊陣法，冰冷的層級卻是比寒冰地獄還要高個數百倍，中了此種陣法的仙魔妖道，皮膚會因此變藍皸裂，就像是夜蓮花的花瓣。

皺眉了，以這樣的凍氣而言，他頂多能再撐個幾分鐘而已，若不及時離開，他會成一株永凍桃樹，跟共工氏天天大眼瞪小眼。

當然，鍾流水在進入奪谷之前，就推測出裡頭必定還設有防禦之陣，畢竟每年來地府偷竊生死簿想塗改、想入地獄救親人的修道者太多太多了，更別說是關押重刑犯的奪谷，若此處沒個等級高的防禦陣法，肯定是他走錯路了。

只不過，這陣法相當棘手啊……

看了看手上的靈珠，對了！

手上用勁，明月靈珠居然就這樣被捏碎成粉末，輕拋，本身會發光的珠子這時成了一點一點的月色燐火，就像是數千數萬隻小小螢火蟲，圍繞著他飛舞，然後整個貼上他。

嗤嗤聲不絕於耳，只要是燐火貼著的皮膚，紫藍色便漸漸黯淡下去，代之而起的卻是燒燙感，燐火處不斷冒起輕煙，這東西比起人間炭火還要熱上幾分，就這樣貼上了肌膚、頭髮，那種苦處不是普通人能承受的。

有句話說物極必反，像靈蛇那樣的至陰妖物，體內孕育出的寶珠卻能去陰禦寒，但承受靈珠覆體的鍾流水也不好受，但起碼能夠暫時性的抵住夜蓮花陣了，他知道不可浪費時間，再度沿著壁邊走，發著燐光的他，自己倒像是一隻活動大螢火蟲了。

綿延的冰壁裡或坐或立著奇怪的人物，長相凶狠外形突兀的，多是上古時代的妖人，另外一些氣勢詭異的凡人，大抵就是夏桀、商紂及秦王政等殺人無數的殘暴君王。

身上的光源目前只能夠照耀身周兩尺了，這時他卻看到那位身高數丈神威凜凜的巨人，該人長相威猛，身軀彷彿由金屬鑄就，他鬢髮倒豎雙角挺立，空洞的雙眼看來倒像是睥睨著萬物，雖然被困在冰中而動彈不得，巨人卻依然銳氣四射，彷彿下一秒鐘就會踏破冰石，重新翻倒日月山河。

「在這裡啊，蚩尤……」

蚩尤，上古戰神，就連黃帝也幾乎不敵他那勢如破竹的戰力，直到請出九天玄女等神祇相助，才終於扭轉頹勢。黃帝最後雖然將蚩尤給斬首，但戰神勇猛的形像卻是深入人心，而根據傳說，蚩尤擁有八十一位兄弟，或者可說是盟友，同樣遭受擒拿殺戮，但這八十一個凶魂卻不在奪谷，而在——

鍾流水摸摸自己心口，這裡。

「靈魂既然被囚禁在這裡，那麼姜姜就不會是……」

人靈是由魂與魄所組成，死後魄消散，魂則被鬼差提到地府去，如果魂還在此處，就絕對不可能投胎轉世。

鍾流水從十年前看到姜姜起，就知道外甥為凶悖之魂所轉生，根據魂體的氣質，他不得不往天下最凶狠凌厲的暴主去猜疑，也就是蚩尤，但直到最近他擁有了這顆明月靈珠，他才能進來奪谷，他非要親眼看到這些凶悖之魂被關得好好的才安心。

光源剩一尺了，他得趕緊離開，再望一眼冰裡的蚩尤，多麼可怕的戰神啊，殺氣凌銳戰意無窮，就算是在冰裡，也依然能讓人打從心底對之顫慄不已。

鍾流水覺得自己身體裡有什麼也跟著在叫囂鼓動了，他定了定神，最後無所謂的笑笑，對冰裡的戰神低語。

「沒錯，我吃了你八十一位戰友的魂魄，他們滋味可好著呢……怎麼、想咬我嗎？沒辦法，啖鬼一族中，唯有我能一次吞吃下那八十一個凶魂啊……」

說完，靈珠燐光終被這創世以來就存在的黑暗所吞滅，鍾流水嘆口氣，奪谷不愧是奪谷啊，連光明都能奪去。他一面喟嘆一面扶著冰壁往出口去，回到小洞外頭，土伯還蹲在那裡吃蟲子呢。

「還不到花開時節，你就春光外洩了。」他看著鍾流水身上被燒得七零八落的衣衫說。幾朵粉紅桃花憑空生出，化成輕柔衣衫，覆上了鍾流水，解決他衣不蔽體的窘狀。

「也做件衣服給你吧，土伯，別總是把繩子拿來當衣服穿。」

土伯看看鍾流水，搖頭，「粉紅色不適合我。」

「抱歉了，沒得挑色。」鍾流水都無奈了，他也只拿得出桃紅色系花朵。

土伯又看一眼他手腕上染血的布條，以及身上一堆的凍瘡、燙傷，「為了滿足你的好奇心，代價花得可不小。」

鍾流水一笑，「……我累了，你想個辦法送我一程吧。」

「那就休息到你有力氣爬為止。」土伯不給力的拒絕了。

「你很傲嬌呢。」

「傲嬌是什麼？」

「我外甥沒事就說我傲嬌腹黑，我也不太懂什麼意思。」

「……」

「土伯，這數千年來你真的都安分待在奪谷？」

「為什麼這麼問？」

「不合你的本性。」鍾流水閉起眼睛。

「聽說這些年你在人界混得風生水起，驅鬼名聲天下皆知，這也不合你的本性；又訛傳你相貌醜陋，怎麼來的？」

「吃鬼的時候被目擊了。土伯你吃相好看嗎？」

「的確不好看。」

鍾流水聳聳肩，沒錯吧，嗜好啖鬼的鬼，比鬼還要恐怖，要不，如何能威服鬼眾？

「土伯啊，我就問問，你最近可有看到刑天？」

「他在酆都，我在奪谷，沒有往來的必要。」說到這裡，土伯倒是悠然，「刑天很幸運，炎帝保著他，讓他免去了被關在奪谷的命運。」

「是啊……」鍾流水幽幽嘆了一口氣，「甘於冷宮裡千年不變的生活，無實權的苟活，炎帝到底想著什麼呢？」

誰想著什麼，都只有那個誰才知道。

鬼事顧問、零參。蚩尤齒。

【尾聲】十年一覺春夢，

當醉人生有酒。

警察白霆雷騎著一台白色警用巡邏機車，氣呼呼，吼，哪個同仁說這輛車已經通過裝備檢查了？領車時才發現好多零件都生鏽了，油門在短短幾公里的路上卡了三次，他費了好大力氣才扳回來，還都催不快，路上他被幾輛腳踏車囂張的超越了，弄得他嘔啊！

這根本是輛待報廢的機車嘛！可惡，等他的愛妻從修車廠領回來之後，他絕對要跟這車說上一百遍的莎喲拉那！！

第五次的無預警熄火正巧發生在群青巷口的土地公廟前，他憤憤將車停好，正要跟廟祝阿七打招呼，發現阿七腳底下一堆菸屁股，本人還有些個心不在焉。

「別抽菸了，拿這個去解饞！」

把剛剛從超市買的桶裝一百支加X佳棒棒糖丟過去，就不信八種口味的棒棒糖還滿足不了這沉溺於口腔期的大男人。

身為土地公，人家供什麼他就拿什麼，阿七指指巷內，意思是鍾流水人在家。

「阿七好像有心事啊？說來聽聽，遇到麻煩我幫你解決。」白霆雷一拍胸脯。

「借住的親戚提前到來。」剛毅的臉上倒是有些苦惱，「很麻煩的人……」

「趕走他！」

尾聲・十年一覺春夢，當醉人生有酒

「趕不走。」阿七搖搖頭，「算了，他應該待不久。」

白霆雷覺得好笑，阿七如此的穩重沉著，卻會被一位來借住的親戚弄得煩躁，可見那位親戚有多難纏了。

進巷後遠遠看見神棍灑酒於桃樹枝幹，他忍不住心裡開罵了。

巷子口的阿七是老菸槍，巷尾則住著本世紀最無良的酒鬼，真該請有關部門將這條巷子給封印起來，免得給社會作不良示範。

想著想著，小腿上一陣痛，他臨危不亂抬腳直接踹！

「又是你這隻臭雞！再敢啄我，大同電鍋加米酒伺候！」

公雞小玉咯咯咯的飛上天去了。

「別欺負小玉，牠是世上碩果僅存的天雞，傷了根羽毛都是大損失。」鍾流水隔著竹籬笆說。

「管他雞不雞，虁警就是個錯。」白霆雷推開竹門進去，臉色難看，「喂、你到泥巴寸隙裡幹什麼去了？」

「是泥犁寸隙，不是泥巴寸隙。」鍾流水輕描淡寫看看身上一堆癒合中的傷口，一笑，「我把姜姜帶回來了。」

「那個抓姜姜的人呢？他弄壞了我的機車，我非得跟他求償修車費不可！」

白霆雷咬牙切齒，機車就是他老婆，老婆弄壞了，不但得花上一大筆修車費，更別說那個心有多痛。

「他逃了。」鍾流水涼涼說：「雖然我有點兒懷疑他是……」

「誰？」

「說了你也不認識。喔，聽老孫說葉先生被約談了，為什麼？」

「他的玉琮導致骷傀來騷擾本市居民的身家安全，他必須交代玉琮來源，然後……」白霆雷看了看四周，這才小聲又說：「早有別的調查單位盯上他，懷疑他跟幾個盜墓專業戶勾結，由他轉手將明器輸出國外，只是苦無證據，骷傀事件正好讓他們有了搜索葉家的理由。」

「喔、調查盜墓跟走私是你們的事，跟我無關，喝酒喝酒。」

鍾流水愜意啊，無事一身輕。

白霆雷來桃花院落，也就是要暗示鍾流水別再跟葉鈞有牽扯。話帶到人就可以走了，卻看見幾瓣花朵飄落，其中一朵落入鍾流水的酒盞之中。

然後他想起了鍾流水那個夢，夢裡有位艷色無雙的女子。

「我以前說過這株桃花的壞話，我道歉。」白霆雷仰頭說。

「……」鍾流水悠悠說：「你在我夢裡看到的是十年前的事，姜姜就是這麼來的。」

「姜姜到底是什麼？」白霆雷忍不住問。

「我連他父親是誰都不知道，又哪知道他是什麼。」嚥下口中美酒，「……靈魂入他人識海是很危險的事，下次別再魯莽了。」

「有多危險？」

「若你的靈魂被他人的識海給同化，靈魂就回不去，身體會成植物人。」

白霆雷捋起袖子叫罵：「把神荼鬱壘給叫出來，拿本警察的生命開玩笑，我非打死他們不可！」

拖鞋砸過來，正中眉心。

「他兩人為了救我，的確不擇手段了些，但四陽鼎聚之命硬得很，一定會活很久的知不知道啊笨蛋你！」

警察立刻撲過去要掐死某神棍，這時突然發現神棍的臉比平常紅，紅到脖子去，就連眼睛也故意往別的方向看。

明瞭了。

「你就好好跟我道個謝不行嗎？非得拐彎抹角來罵我，彆扭。」

「喲、笨蛋開竅了。」

「又喊我笨蛋！我現在就掐死你，連神荼鬱壘一起掐！」

公雞小玉發現主人生命有危險了，又從天空飛下來攻擊警察，你拔我雞毛我啄你腿毛，雞飛狗跳好不熱鬧。

唉呀呀，喝酒還有餘興節目瞧呢，真好，鍾流水樂呵呵，又朝頭上桃花一舉杯，人生有酒須當醉，一滴何曾到九泉，所以、喝了吧。

桃花不回語，醺然舞風中。

《鬼事顧問參・蚩尤齒》完

鬼事顧問、零參。蚩尤齒。

【附錄】姜姜的快樂露營。

姜姜!!
快點準備集合，我們要點名了！
你在那邊幹麻啊？
哼哼哼…
發生在迎新宿營的小事
終於完成了!!
本大爺的超★文情並茂真誠情書!!
事不宜遲!! 我現在就去把情書轉交給隔壁班的班花!!
哈啊？
那女生條件很好，眼光很高的啦。
不要緊!! 沒問題!!
你看我這麼帥一定能動搖她!!!
不可能 不可能
點名…
我去一下女生的營區!!
馬上回來!!

呀啊！怎麼會有男生！
快把他趕出去！
啪唰！
碰！
……好過份……
……她們說我是男生，不讓我進去他們帳篷……
啜泣 啜泣
乖啦
那不是理所當然的嗎？
而且誰叫你這麼冒失硬闖，托人轉交不就好了嗎？
不親手轉交也太沒誠意!!
我想要放在她的睡袋裡給她一個驚喜!!
絕對會被當成變態……
怎麼可能讓你作到這種事。
哼──如果可以變成女生就好了，
我的計畫就可以完美執行。
……
那個的話，倒也不是說辦不到啦……
咦!!

三晝乾父變六坤，借形一變速化女容。
變女咒！
哇啊！真的做到了！
都記清楚了吧！
子夜法術就會失效，要在那之前回來…
知道啦知道啦！
我馬上回來！
呀，不好意思。
請問一下，這邊的帳棚是幾班的…
嗯？
妳是幾班的呀？以前好像沒有看過妳耶？
欸？我…我是…
髮飾好可愛喔，
我們正在泡晚安茶，你來一點嗎？
簇擁而上
團團圍住

糟糕，再這樣被拖延下去……
很快的法術就要失效了……
但是……
但是……
啊啊……但是女孩子們……
真是太可愛啦……
再待個幾分鐘好了……
這裡莫非……
就是天國……
啊啊……
當晚，姜姜他並沒有準時回來，
而子夜過後，
啊，流星。
記得你那～♪
昔日的笑臉～～♫
有如星空一般的閃耀～～♪
女生營區傳出某種物體被打爆的聲響。不知姜姜是否安好。
並且在那之後收到了回信
我對偽娘沒有興趣。

自己的天空、自己做主。

更多專屬好康優惠與精彩書訊。

飛小說，

更多歡樂更便宜！

■死亡遊戲■

都市鬼奇談06 END

科技日新月異，從二十世紀末開始，人類進入了網路時代我叫柳暉，除靈是我的專業。我所學習的茅山道術，相比這個時代來說，實在是古老而不可思議的。不過，隨著人類生活的改變，鬼怪的生態也出現了變化？有越來越多的詭異鬼靈，是茅山道術記載中無法解決的。尤其當鬼魂出現在網路遊戲中的時候，祖傳的收妖祕法，似乎完全不管用了……嘖！哼，人總是要進步的。就好像我跟我的女朋友明小彤之間的關係，總不能永遠停在有點黏又不太黏的地方吧？作為一個除靈天師，我要追求現代化；作為一個男人，我要正式追求我的女朋友！呃，聽起來很怪嗎？反正是最終回了嘛，哈～

■天罰■

都市鬼奇談05

有許多案件，發生得相當離奇和詭異。這類歸屬於超自然的案件，警局往往都會藉助擁有靈異長才的人來協助破案。

我是柳暉，專門捉鬼收妖的除靈天師，曾經協助警方偵破許許多多鬼魂殺人的事件。然而，這一次發生的超自然事件，我卻從中找不到一絲鬼魂的氣息。宛如古代官員判案的殺人場景一再出現，究竟是誰在替天行道？不是鬼，難道是神仙？或者，第三種可能……在我祖傳的道法總綱裡有記載，有一種來自地獄深處的陰靈，可以完全隱藏自己的鬼氣。比厲鬼還強大，比鬼王還難捉摸的陰靈，殺人的動機已經跟仇恨無關。它的目的，竟是喚醒一件足以撼動天地氣運的寶物！？

想實現你的夢想嗎？

想探索未知的世界嗎？

下一個出現在這裡的也許就是你的作品！

投稿創作，請上：螞蟻創作網（http://www.antscreation.com）

■本期推出■

■零區啟動■

逆行世界05 END

習慣，是一件可怕的事情——

尤其是……

你曾經嘗試過，十分專注的做某件事情嗎？眼睛一眨也不眨，慢慢的，它會開始充血、變紅……「殺紅了眼」這句形容，就是這麼來的。

接下來，你會發現身體彷彿有了自己的意識，脫離你的掌控，開始慣性而重複的執行相同動作。

最後的結果是，毀滅。毀滅自己，或者是毀滅眼前的事物。在反世界中，人們不是因為血緣或者力量，而群聚在一起。神秘的「系統」，以逆行者與王者為網絡，維持著這個世界。逆行者與王者之間的戰爭是系統崩壞所引起的？還是這場戰爭，導致了系統的加速毀滅？

答案，即將在某個人身上揭曉……

☛您在什麼地方購買本書？☚

☐便利商店__________ ☐博客來 ☐金石堂 ☐金石堂網路書店 ☐新絲路網路書店

☐其他網路平台__________ ☐書店__________市／縣__________書店

姓名：__________ 地址：______________________________

聯絡電話：__________ 電子郵箱：______________________________

您的性別：☐男 ☐女

您的生日：__________年__________月__________日

（請務必填妥基本資料，以利贈品寄送）

您的職業：☐上班族 ☐學生 ☐服務業 ☐軍警公教 ☐資訊業 ☐娛樂相關產業 ☐自由業 ☐其他__________

您的學歷：☐高中（含高中以下） ☐專科、大學 ☐研究所以上

☛購買前☚

您從何處得知本書：☐逛書店 ☐網路廣告（網站：__________） ☐親友介紹
（可複選） ☐出版書訊 ☐銷售人員推薦 ☐其他

本書吸引您的原因：☐書名很好 ☐封面精美 ☐書腰文字 ☐封底文字 ☐欣賞作家
（可複選） ☐喜歡畫家 ☐價格合理 ☐題材有趣 ☐廣告印象深刻
☐其他__________

☛購買後☚

您滿意的部份：☐書名 ☐封面 ☐故事內容 ☐版面編排 ☐價格 ☐贈品
（可複選） ☐其他

不滿意的部份：☐書名 ☐封面 ☐故事內容 ☐版面編排 ☐價格 ☐贈品
（可複選） ☐其他

您對本書以及典藏閣的建議______________________________

____

____

✌是否願意收到相關企業之電子報？☐是 ☐否

✍感謝您寶貴的意見✍

✌From__________@__________

♦請務必填寫有效e-mail郵箱，以利通知相關訊息，謝謝♦

印刷品

$3.5
請貼
3.5元
郵票
不思議信箱
FUSIGI POST

235 新北市中和區中山路二段366巷10號10樓

華文網出版集團　收

（典藏閣－不思議工作室）

不思議工作室

「年輕、自由、無極限」的創作與閱讀領域

為什麼提到奇幻的經典，就只會想到歐美小說？
為什麼創意滿分的幻想作品，就只能是日本動漫？
為什麼「輕小說」一定要這樣那樣？

站在巨人的肩膀上，是為了看得更遠。
讓我們用自己的力量，打造屬於自己的文化！

不思議工作室，歡迎各式各樣奇想天外的合作提案。
來信請寄：book4e@mail.book4u.com.tw

不論你是小說作者、插圖畫家、音樂人、表演藝術工作者……
不管你是團體代表，還是無名小卒。
不思議工作室，竭誠歡迎您的來信！
官方部落格：http://book4e.pixnet.net/blog

我們改寫了書的定義

董 事 長　王寶玲
總 經 理　兼　總編輯　歐綾纖
出版總監　王寶玲
印 製 者　和楹印刷公司

法人股東　華鴻創投、華利創投、和通國際、利通創投、創意創投、中國電視、中租迪和、仁寶電腦、台北富邦銀行、台灣工業銀行、國寶人壽、東元電機、凌陽科技(創投)、力麗集團、東捷資訊

◆台灣出版事業群　新北市中和區中山路2段366巷10號10樓
TEL：02-2248-7896
FAX：02-2248-7758

◆倉儲及物流中心　新北市中和區中山路2段366巷10號3樓
TEL：02-8245-8786
FAX：02-8245-8718

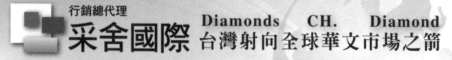

鬼事顧問/林佩作. -- 初版. 一新北市：
華文網，2011.10-
冊；　　公分. --(飛小說系列)
ISBN 978-986-271-179-8(第3冊：平裝). ----

857.7　　　　　　　　100018492

飛小說系列018

鬼事顧問03-蚩尤齒

出版者■典藏閣
作　者■林佩　　繪　者■ANTENNA 牛魚
總編輯■歐綾纖
製作團隊■不思議工作室
郵撥帳號■50017206 采舍國際有限公司（郵撥購買，請另付一成郵資）
台灣出版中心■新北市中和區中山路2段366巷10號10樓
電　話■(02)2248-7896　傳　真■(02)2248-7758
物流中心■新北市中和區中山路2段366巷10號3樓
電　話■(02)8245-8786　傳　真■(02)8245-8718
ISBN■978-986-271-179-8
出版日期■2012年2月

全球華文國際市場總代理／采舍國際
地　址■新北市中和區中山路2段366巷10號3樓
電　話■(02)8245-8786　傳　真■(02)8245-8718

新絲路網路書店
地　址■新北市中和區中山路2段366巷10號10樓
網　址■www.silkbook.com
電　話■(02)8245-9896
傳　真■(02)8245-8819